于坚,二十世纪七十年代开始写作至今。著有诗集、散文集、随笔集、摄影集等,凡四十余种。曾获鲁迅文学奖、朱自清散文奖、华语文学传媒大奖杰出作家奖等奖项。云南师范大学文学院教授。

"西南联大文库"编委会：

编委会主任：饶 卫　蒋永文
编委会常务副主任：闻黎明　何伟全　张 玮
　　　　　　　　安学斌　刘 坚
编委会副主任：殷国聪　崔汝贤
编委：杨顺清　杨 洪　何 斌　陈 新
　　　郑勤红　张绍宗　尚 云　李永明
　　　殷国聪　崔汝贤　李红英　胡 彦
　　　邹建达　包云燕　张曼菱　李光荣
　　　谢 泳　谢本书　杨绍军　戴美政
　　　吴宝璋　余 斌　朱端强　余嘉华
　　　陈朝慧　杨立德　于 坚　海 男
　　　朱 曦　高建国

于坚文集·诗论集

诗歌之舌的硬与软

于坚 / 著

云南出版集团　云南人民出版社

图书在版编目（CIP）数据

诗歌之舌的硬与软 / 于坚著. —— 昆明：云南人民出版社，2018.4
（于坚文集. 诗论集）
ISBN 978-7-222-16848-0

Ⅰ.①诗… Ⅱ.①于… Ⅲ.①随笔—作品集—中国—当代 Ⅳ.①I267.1

中国版本图书馆CIP数据核字(2017)第307543号

责任编辑：刘 焰 苏映华
装帧设计：人合圆文
责任校对：陈春梅
责任印制：洪中丽

诗歌之舌的硬与软 SHIGE ZHI SHE DE YING YU RUAN

于坚 著

出 版	云南出版集团 云南人民出版社
发 行	云南人民出版社
社 址	昆明市环城西路609号
邮 编	650034
网 址	www.ynpph.com.cn
E-mail	ynrms@sina.com
开 本	889mm×1194mm 1/32
印 张	8.5
字 数	150千
版 次	2018年4月第1版第1次印刷
印 刷	云南新华印刷二厂
书 号	ISBN 978-7-222-16848-0
定 价	48.00元

如需购买图书、反馈意见，请与我社联系
总编室：0871-64109126 发行部：0871-64108507 审校部：0871-64164626 印制部：0871-64191534

版权所有 侵权必究 印装差错 负责调换

云南人民出版社微信公众号

目 录

新诗的发生 / 001

谈诗的制度 / 020

棕皮手记：诗如何在 / 041

这是一封信 / 086

还乡的可能性：从诗的蓝调开始 / 103

分 行 / 141

朗 诵 / 162

诗言体 / 176

棕皮手记·拒绝隐喻——一种作为方法的诗歌 / 211

诗歌之舌的硬与软——诗歌研究草案：关于当代诗歌的两

类语言向度 / 234

新诗的发生

100年前,新诗发生了。

新诗不是一个诗内部的事件,而是一种文明进程。

新诗的发生与诗三百、律诗、词、曲等的发生不同,在新诗之前,诗的革命总是形式的改良,而新诗推翻那一切,诗在原始的意义上再次发生。无论形式,只是说出,招魂。诗重返文明的荒野,再次开始,就像诗第一次开始那样。"必也正名","礼失而求诸野"。

从诗经以降,诗的形式一再变化,但"道法自然"这一世界观从未动摇。"道法自然",有无相生,知白守黑,所以旧世界是一个万物有灵的、充满魅力的世界。

人为何需要诗？这个问题在过去数千年中一直是不言自明的。"不学诗，无以言。"（孔子）

诗，为什么？为什么需要诗？成了一个问题，前所未有。这个问题不独中国，它是一个世界之问。近代世界兴起的科学主义宣布并证明，世界可以不需要诗而存在。对于汉语来说，这是一种巨大的挑战，因为汉语是世界幸存的少数几种最古老的以诗性为根基的语言之一。

为什么需要诗？新诗的发生就是回答这个问题。这个问题在中国过往文明史上从未被提出过。

新诗发生在另一个世界，中国古老的、整一的"道法自然"的世界观动摇，日渐崩溃，"黑"隐匿，"无"退场，诸神垂死，万物不灵。"灵光消逝的时代。"（本雅明）现代世界的真理是祛魅。祛魅，一种功利主义的世界观，一种占有技术，怎么都行，只要有。

诗只在招魂这一根基上没有动摇。正是在这种混乱不明中，诗的存在作为一种本源的真理才终于彰显。根本的问题不在于"道法自然"与否，而在于人是否能够毫无诗意地生存。

消灭了黑，只有白。失去了无，只是"有"的世界依然是可在的世界吗？失去魅力的世界还是世界吗？野蛮戴着物的面具登堂入室。人类正在一次次拜物的时髦中重返野蛮。诗当然必须跟着重返，它要回到洪荒去再次出场、招魂、布道。

与过往不同，诗现在必须为自己辩护。

孔子早就石破天惊地说出：仁者人也！仁就是诗意。人的出场是因为仁的觉醒。这是人之为人的根基。

不学诗，无以言！

郁郁乎文哉！

文是诗的迹象。

"诗者，志之所之也。在心为志，发言为诗，情动于中而形于言。言之不足，故嗟叹之。嗟叹之不足，故咏歌之。咏歌之不足，不知手之舞之足之蹈之也。"（《诗大序》）

这里指出的是一场远古的祭祀。诗就在这种祭祀中发生。

文是对这种祭祀的模仿、转移、记忆、保存和散布。这是一个功能性的场，它的目的是招魂。文字将这个场转移到文中，是之谓文明。

无的在场通过文呈现。有无相生，知白守黑，诗守护着无。

孔子总结道："诗可以兴，可以观，可以群，可以怨。

迩之事父，远之事君，多识于鸟兽草木之名。" 兴就是肯定、赞美（对存在、被抛入世界的感激）。观就是世界观、立场、解释（此在）。群，就是团结、沟通、共享。怨，就是批判、选择、否定。迩远，就是秩序、位、空间的确立和度的把握。多识就是知识。

这是宗教性的场，诗的到场就是祭祀的发生。诗教。巫师就是诗人。杜甫在《寄李十二白二十韵》说"笔落惊风雨，诗成泣鬼神"，诗在中国是一种形而上的语言巫术，一种语言的超度，与现代化的祛魅是完全冲突的。修辞立其诚。在中国，"经"一开始就被视为诗，诗是语言中的语言，最高的语言，诗是一种世俗的经。诗人在中国，就像印度的婆罗门，是某种神职人员。但不是世袭，诗歌天才通过经验、权威、人民心照不宣的感应得以遴选成为诸神在世的代言者。贺知章称李白为谪仙。黄庭坚称苏轼为佛。诗人最重要的标准是群，谪仙人神性的高度在于其诗篇与世俗世界的共享的范围、层次。

在别处，人们可以指着一座教堂或寺院说，教在那里。但是，在中国文化中，人们只能指着文说，诗在那里。教堂、寺院倒塌消失，信者散去，诗还在那里。

诗的开始早于宗教。

文明,就是以文照亮黑暗。文的核心是诗。

道、灵魂、心灵、魅力、志、意义都是诗的场域不同的别称。

郁郁乎文哉!文是一种语言之教。

在世界历史上,社会变革从语言改造开始不乏先例。例如,路德对圣经的翻译。日本明治维新对日语的改造。汉语也是如此。

遵循着古老的真理,世界,无论事实还是精神,总是从语言开始。只有语言开始,世界才开始。对此,王阳明有过精彩的比喻:

"先生游南镇,一友人指岩中花树,问曰:'天下无心外之物,如此花树在深山中自开自落,于我心亦何关?'先生回答说:'你未看此花时,此花与汝心同归于寂;你来看此花时,则此花颜色一时明白起来,便知此花不在你的心外。'"。

这个看是语言之看。世界被命名时,存在才存在。

新诗出现在汉语自诞生以来危机最严重的时代,在20世纪初,人们几乎已经失去了对这一具有七千年以上历史的古老语言的信任。在某些激进的知识分子看来,文已经成为中国文明的绞刑架。文人踊跃抛弃文投奔知识。

一百年前诞生的新诗是与中国的现代化同步的。过去的朝代更迭,对语言的影响是缓慢的,语言是自然生长的。从1840年以来,语言巨变,因为中国社会面临着一个全新的现代世界。过往人们所熟知、所命名的世界已近黄昏,而一个崭新霸道的世界,正朝着中国逼来,古老中国危在旦夕。

1840年的鸦片战争是中国三千年未有之大变局的开端,这个变局在那个时代的知识分子看来或许只是社会、经济、政治的变局,而今天可以清楚地看出,这其实在根本上是一个文的变局。

充实之谓美(孟子)。在中国文明的历史上,美总是第一位的,实用次之。但司马迁所谓的"虚美"也一直在威胁着美的地位。宋以后,诗日益成为语言游戏,修辞而不立其诚。文教衰弱,诸神隐匿。诗的形式逐渐固化为制度,就像印度婆罗门制度那样。格律的掌握成为一种文人准入制度。在传统中国的黄昏时代,虚美成为文的主流。与司马迁的"其文直,其事核,不虚美,不隐恶,故谓之实录"的文已经相去甚远。曾国藩说:"古文之道,无施不可,唯不宜于说理。"胡适痛斥:"今之学者,胸中记得几个文学的套语,便称诗人。其所为诗文处处是陈言滥调。"

如果像海德格尔说的,语言是存在之家。如果说,语言是对世界的命名。那么汉语在过去五千年中,曾经为古典中国进行了辉煌的命名,这种命名的最高成就是诗。诗国对于中国不是溢美的形容词,而是存在。而在鸦片战争之后,知识分子开始对汉语这个故乡发生了怀疑、动摇。汉语试图搬家。新诗诞生的初衷是言文合一。将文的明、照亮,从文言文扩大到白话中去。胡适《文学改良刍议》的核心就是"言文合一"。注意胡适说的是"改良",而不是革命。"改良"已经意味深长地否定了像以色列人跟着摩西出埃及那样的"大搬家"。世界上的社会变革,从语言开始的不乏先例,中国更是从文开始。胡适意识到"中国之文学最近言文合一,白话几成文学的语言矣。使此趋势不受阻遏,则中国乃有'活文学出现',而但丁、路得之伟业(欧洲中古时,各国皆有俚语,而以拉丁文为文言,凡著作书籍皆用之,如吾国之以文言着书也)。其后意大利有但丁(Dante)诸文豪,始以其国俚语著作。诸国踵兴,国语亦代起。路得(Luther)创新教始以德文译《旧约》《新约》,遂开德文学之先"。

19世纪以降,中国日益感到文言在命名现实时的无力。林琴南以文言文翻译西方作品的失败就是证明。文已经难以活泼泼地"能指"了,强大坚固的隐喻系统使语言在新世纪面前成为名不副实的空转的陈言滥调,新世界不断产生的陌生意义令传统的意义系统摇摇欲坠、纷纷失效。

"大雅久不作,吾衰竟谁陈。""我志在删述,垂辉映千春。""希圣如有立,绝笔于获麟。"(李白)

如果在西方是上帝已死的话,那么在中国,文已死。

从传统中国道法自然的风花雪月走向天翻地覆的现代社会,可能始料未及的不仅仅是重整山河,从国民性到生活方式、风俗的大拆迁,也是文化的重塑。过去五千年的中国人从来没有经历过如此巨大的变局,他们或许经历从一个王朝向另一个王朝的变迁,但是大地没有变迁,生活方式没有变迁,风俗不朽,文没有变迁。此时代经历的动荡变化是过去时代的人根本无法想象的巨大变局。

正如西方一句现代格言所说:"Pastis another country."(过去是另一个世界)

"现代再也不能向历史借鉴模式了,它被迫从自身创造规范。"(哈贝马斯)

必然也是另一种语言。在许多文明的例子中,新世界的后果是，语言适应新世界并命名之，人们不再认识自己的语言。这一点在拼音语言中尤其明显。现代化是植根在拉丁语系中的运动，这种起源于商业目的的语言实用而精确，例如法语，物、主、性、数、格全部细俱。而汉语则相反，语词的含义是可以根据上下文随时变化的，一个词是动词还是名词可以随意改变。朦胧、混沌，非常利于诗性的言说。

文雅中国温良恭谨让的汉语与强悍野蛮积极进取的现实名不副实，但是，汉语的本性决定它无法像拼音那样自我革命。这是汉语独一无二的伟大特性，它可以改良，但无法革命。在三千年未有之巨大变局到来时，汉语力挽狂澜，没有走向拼音。

在中国，语言的运动必然是文化运动，也必然是意义和精神方向的运动。西方语言学误导甚深，汉语从来不存在所指和能指的二分。汉语的能指和所指是天人合一的，这个一就是字，这与拼音语言不同，拼音语言没有字这个东西。

当然，当汉语失去"中"的平衡的时候，它确实会向某一极偏移。比如书法向字意的偏移，新诗取消汉字、标语式地向朗诵（声音）的偏移、功利性实用主义地向意义（例如"文革"对所指的控制）的偏移。

现代化在中国的实现,乃是汉语偏向用的结果。最近一个世纪的汉语,向着实用偏移。当代汉语呈现一种立竿见影、粗陋、标语口号化的风格,这自然成就了现代化,因为技术需要不美的、直截了当的言说方式。普通话可谓这种偏移的典范。

现代化是在西方兴起的,现代化基于西方人对未来的虚构和谋划,当然它也基于西方文明。现代化与古老的汉语是完全相悖的。汉语即使到今天已经非常粗鄙实用,但它依然是古代巫师使用的那种语言,许多字可以在甲骨文上找到。现代化就是祛魅,就是标准化、量化、同质化,把世界变成可以用一个通行标准、一种度来衡量,精细化、指标化的东西。汉语的模糊、朦胧、魅力、不确定、太极图式的语法变化与现代化是完全矛盾的。马克斯·韦伯曾说过,现代文明是一种"除魅",也就是把古代社会中的巫术、迷思、诗意去除,让世界主流朝向科学、契约、技术、经济这些必须清楚、准确、明白的方面。

1840年以后中国的知识分子,最激进者提出中国要走向现代化,首先要消灭"万恶之源"汉语。鲁迅就曾经说"汉语不亡,中国必亡"。但是一百年的经验证明,中国未完,也在某种程度上走向了现代化,汉语并没有灭亡，而是不自觉地走着胡适提出的"改良"之路，如何"良"？就是向实用倾斜。

汉语并没有走德语、日语或者韩国、越南那样的路线。就命名来说，文言文已经过度，失去了命名的活力。白话文的诞生，恰恰是一种使汉语在命名的功能、活力上重新回到中国的运动。白话文改变了汉语的速度。在1949年以后，汉语偏向狭隘的所指（意义暴力）。而在最近四十年，它又偏向实用主义的能指。

汉语是可以对现代世界进行命名的。简单化、粗糙化使汉语越来越偏于实用。反过来，汉语最近一百年的贫乏也说明汉语的某种丰富性，拒绝隐喻，偏向能指，汉语也可以成为实用性的语言。但是不美。

新诗是改良而不是革命。就像唐诗宋词一样，新诗同样是用汉字写的，许多字也见于甲骨文。它改良的只是韵的位置、断句的长短、叙述的方式、精确以及思的深度等等。曾经有过革命的实验，用拼音取代汉字，但失败了。像日本那样在汉字中插入拼音（假名）都没有。简化字只是使汉字的书写更快，它并没有改变汉字的本性。而所谓的西式语法，在新诗中基本上被忽视。新诗体现的汉语运动就是从书面化的、雅驯的汉语回到口语的、更野蛮也更有活力的汉语，将这种汉语书面化。言文合一,新诗一直在探索这种"合一"在我们这个时代可能的最丰富最复杂最接近神灵的尖端地带。唐诗曾经抵达的地方,言文合一也可以抵达。新诗使汉语再次展现了它的无穷魅力。它有过唐诗、宋词,还可以有新诗,这是一种伟大深厚的语言。

新诗的开始本身就是汉语改造的急先锋(今日之现代化的突飞猛进就是汉语越来越实用的结果)。一旦汉语实用性的改造完成,诗从急先锋到边缘化也是必然的。因为诗的言文一致与汉语的言文一致不同,后者是要为现代中国的实用潮流命名,而前者的命名则是要重返中国之道,修辞立其诚,它要在现代中召唤隐匿已久的中国之神。唐诗的局面对于新诗来说,从来都是一个理想,新诗是语言改良的急先锋,其理想却是后退的,通过白话的言文合一,使诗重获唐诗那样的光荣、那种伟大的魅力。

传统中国的诗已经为古代中国完成了一个辉煌的命名,正因为命名的成功,中国可以以伟大的文明自豪。1840年以来被迫走向世界,不走也得走,西方的炮舰已经开到你的大门口。全球化不是中国自己主动的迎合,而是被迫的选择,选也得选,不选也得选。

现代化最恐怖的就是把全世界的地方统一成一个

标准化的小区，完全丧失地方性知识，丧失方言、特点和细节。今日世界在物质生活上差距越来越小，现代化是某种洁癖之类的东西，它将世界理顺、全面沟通、拆迁一切，将异类同质化。高速公路、摩天大楼，全世界都一样，同样的方向盘、同样的按钮。但诗永远守护着人类灵魂的黑暗大陆、守护着不可在经济层面沟通的地带，它恰恰是民族作为独一无二的文明得以确立的东西。

为现代中国命名也是被迫的，它与汉语历史上那些自然生长的命名不同，例如唐诗向宋词的演变。现代汉语的命名一开始就是功利的、实用的，这种被迫的急功近利与杜甫式的"寻章摘句老雕虫"完全不同。"现代再也不能向历史借鉴模式了，它被迫从自身创造规范。"但是，现代依然有"道"，道依然是"非常道"，意识形态、主义无法取代道，如果过去一百年，知识分子曾经狂热地以为意识形态、主义可以取代"道可道，非常道"的话，那么他们今天应当明白，中国今日的文明低落，正是"大道缺席"的结果。道不可推陈出新，也无法革命。现代化可以提供货币、合同、生产资料、技术……却并不负责为人类提供新上帝。中国之道依然是那条"道可道，非常道"。

现代化背后没有上帝。拿来主义，我们可以把西方现代化的"框架"拿来，却无法把"上帝"拿来。语言的现代化，汉语只发挥了一部分作用，也就是工具性方面的作用。文明被语言工具主义遮蔽着。这个时代的语言方向不是追求大道，汉语在大局上日益向经济修辞迈进，任何事情都以货币式的语言衡量。新诗被冷落是因为它的追求与时代的方向背道而驰，它拒绝有用。诗曾经被用得很惨，诗在五十年以来的御用运动中声名狼藉。最近三十年，诗逐步回到大道，因此大音希声，被疯狂的物质主义冷落是必然的。与时代向着"有"的巨大运动相比，诗人们在写作中对如何接近"无"的探索所导致的读者的疏远微不足道。最近三十年，新诗就像传统上的诗歌运动一样，总是在如何写、写什么的两极上摆动而不再是在意义和意识形态（意缔牢结）的两极摆动。这种摆动必然被20世纪以来习惯视语言为意义之宣传工具而不是彰显存在之道的读者的冷落。

新诗依然意识到"诗言志"这个汉语的天然使命。志在20世纪后期汉语向意识形态的偏移中变得非常狭窄。志就是道，就是大道，诗是要载道的，这个道并非意思、意义、意见、意图、意念、意味、意志、意向、意愿、意识形态……而是道可道，非常道，知白守黑、有无相生。汉语是存在性的语言，不是工具性的语言。大道之显是诗的"被抛性"。在中国，诗是文明的核心，诗就是宗教，就是那种标示一个民族与诸神之距离的最高言说。汉语诗人没有忘记他们是用汉语而不是其他语言写作，是中国诗人不是西方诗人。西方之道可以通过教堂存在，完全不读诗的人的"志"可以在教堂得到寄托。中国没有教堂，中国通过文的明照亮精神的黑暗，文章为天地立心。就像对诗这个字牵强的字形解释一样，诗就是言寺，语言的寺庙。当然，在新诗的探索过程中受西方影响，把诗看成是文学专业分工中的修辞术之一，可有可无的巧言。诗的边缘化除了汉语运动方向所导致的边缘化，也由于诗人自己对重建大道之使命的犹豫不决，诗变成了无足轻重的语言游戏。在中国，"纯诗"必然被冷落，在中国文化中，"纯诗"总是次要的，文明不认为语言游戏是成熟的诗，语言游戏在中国文学史中仅在青春狷者的文字馆中聊备一格。

新诗通过对现代世界命名重建"大道""礼失而求诸野"，再次扮演为文明招魂的祭司角色。也许苏联诗人约瑟夫·布罗茨基关于20世纪俄国文学的发言也可以用在这里："我们是在荒地上——更准确地说，是在荒凉得可怕的空地上开始的，我们有意识地，但更多则是直觉地致力于文化延续性效用的重建，致力于文化的形式和途径的重建，努力让文化那不多几个尚且完整的、也常常完全败坏了名声的形式充盈我们自身的、新的或我们固有的当代内容。"招魂在早期新诗中非常强烈，20世纪初的新诗人可谓回到了"巫师"的角色。典型者如鲁迅、郭沫若。

言文一致可以说是"礼失而求诸野"。白话使新诗面向文明的荒原，就像"诗三百，一言以蔽之曰：思无邪"之前的诗经时代，自由而鲜活，文明的空间突然开启到巨大的黑暗中、开启到无名的白话口语世界中。白话文经典作家鲁迅深刻地意识到这一点，散文诗、白话小说、杂文、随笔、文学史……这位伟大的作家可以说是写疯了，命名的狂欢！

新诗要复活文的魅力，招魂之力，洪荒之力。因此必须重返语言的荒野。

如果把一百年新诗的历史进行梳理，从胡适开始到创造社狂飙突进的浪漫主义；20世纪30年代为人生的艺术；40年代西南联大"昆明现代派"（王佐良）的纯诗追求，白色花派；50年代"诗言志"的意识形态化，朦胧诗、第三代、"知识分子写作"、70后诗人对意义的开拓……进行梳理，文本的比较，我认为，在一个普遍追求"有用"的时代,新诗固然也受时代影响,有着严重的对"无用"的焦虑症,因此急功近利、粗制滥造、泥沙俱下。但在诗的金字塔的顶端地带,新诗也是越写越好。新诗已经形成它自己的小传统和金字塔。新诗诗人力挽狂澜,经一百多年的努力,诗的神性力量(兴观群怨,迩远,多识)终于转移至现代汉语,新诗丰富、深厚、富有想象力、创造力的存在,对汉语来说,意味着一种复活。我以为百年新诗未辜负汉语,它艰难地接管汉语,使汉语在现代荒原上打下根基,命名现场,招魂,再造风雅,树立标准,赢得尊重。虽然诗人如信徒般受难深重,但诗在这个祛魅、反诗的时代传承了那些古老的诗意,坚持着精神世界的自由、灵性生活的美丽,并将汉语引向更深邃保持着魅力的思之路,现代汉语因此未沦入黑暗的工具性,通过诗彰显了存在,保存了记忆,审美着经验,敞开着真理。尤其是最近四十年,新诗一直在努力使汉语从粗糙的、简单的、暴力的语言重新回到丰富的、常识的、能够召唤神灵的语言。诗依然是汉语的金字塔尖。最重要的是:新诗继承了一种古老的世界观。对于这个拜物教盛行的现代世界来说,新诗的存在意味着:也许神性迷离,但神性并未在汉语中缺席。

我认为，新诗有三个阶段，在20年代到40年代，是汉语的救亡时期。40年代末期到70年代末，是将汉语视为工具的宣传意识形态的阶段。80年代中期，从第三代诗开始，新诗回到了根本，回到了汉语的古老本性，语言即存在。最近二十年如果说中国当代文学的叙事活动越来越成为资本的匿名文案，那么只有新诗由于它的充满神性的无用，就像诗经时代一样，知白守黑，保证了汉语的自由、丰富、历史感和精神深度，新诗为文明证实着时间的力量。

今天，新诗彻底孤独。它甚至孤独于当代文化，完全被遮蔽在黑暗里，因此诗人们终于有时间和可能性来完成诗所要求的最根本的东西。

我相信，这是新诗出现那种完整的诗人、神的诗人的时代。

新诗是可以期待的，因为现代化并没有为中国迎来上帝，这个上帝，必须在自己的文化中继承。当然，中华民族若完全跟着西方走，走向取消汉语的地步，这就没有任何希望了，这个民族若继续使用汉语，我认为新诗就有希望。

新诗三十年最重要的品质正是它的孤立、它的不被理解，新诗在黑暗中坚守着大道。

　　一百年过去，新诗可以有一位"采诗"、删定的"孔子"了吗?

　　　　2016年8月23日星期二再改

谈诗的制度

制度一词,好像与诗无关,甚至是诗的忌讳。

但是,在中国古代,诗确实有过强大的语言制度。这种制度强大到凡是不符合这种语言律制,比如七言、五言、对仗、词牌……的文字排列,无论其怎样符合广义的诗的经验,都不被视为诗。

直到今天,律化依旧被用来对新诗的合法性质疑。新诗是诗吗?人们问道,它怎么不讲格律呢?

一方面,人们承认诗是语言的自由、解放,语言对修辞制度的一次次灵魂出窍的修改或突破。另一方面,人们又迷信诗越来越狭隘的物质外壳,如果它没有律化,它就不是诗。

新诗诗人闻一多对此非常矛盾,他试图在自由和律之间找到新的道路。即是自由的,又是律的。"戴着镣铐跳舞",但实践证明,一旦戴上律的镣铐,在古典诗歌完备精确的韵律系统面前,新诗似乎永远是一个笑话。

新诗似乎拒绝律化,其本质就是非律化的。也许新诗在其企图抵达的"诗成泣鬼神"方面,与古典诗歌无异,甚至更为野心勃勃。但在诗的物质外壳上,它确实与格律化格格不入。而在我看来,这恰恰正是新诗的合法性所在,新诗的"事物本身"。

制度,就是规范、体制、制式。裁断、成法、准则。

"今上即位,招致儒术之士,今共定仪,十余年不就。或言古者太平,万民和喜,瑞应辨至,乃采风俗,定制作。"《史记·礼书》

"所谓诸生者,不独取训习句读而已,必也习典礼,明制度。"(王安石《取材》)

"雅有学行,通于礼体。"(《文苑英华》)

语言,不仅仅是语言,语言也对应着文明制度。语言就是存在。古典诗歌的制度不仅仅是语言制度,它其实也对应着古代中国的文明制度。"诗歌语词不仅是符号,而且是一种实物。"(杜夫海纳)"语言是存在之室,通过语言之室,方可临近存在。"(海德格尔)"杜夫海纳将美感的'形式'当作存在形式的对应物,值得注意的是,海德格尔对语言的展示功能的定义更为宽广,他认为,语言的展示功能还包括语言的意味层面,所以英伽登所谓的'再现的客体'(意义单元的投射)亦展示存在。"(罗伯特·R. 马格廖拉《现象学文学》)

在诗经、楚辞的时代,诗是自由的,怎么写都行。

"孟春之月,群居者将散,行人振木铎徇于路,以采诗。"(《汉书·食货志》)诗像野生植物一样,是从"群居者"(部落?)之野采来的。所以,后来又有"礼失而求诸野"的说法。野,是诗的起源地,野就是自由,怎么创造都行,能够招魂就好。

诗是与诸神对话、听取神示,将这种指示通过语言宣示于人。诗起源于巫。在上古,祭祀、占卜、招魂,通过文字记录下来的卦象,就是最早的诗。《诗经》的许多作品就是卦象的记录。"神者天神,只者地神,祖考则人神也。经五章,毛以为皆祭宗庙,则是祖考耳。而兼言神祇者,以推心事神,其致一也。"(孔颖达《毛

诗正义》）

"情动于中而形于言，言之不足，故嗟叹之，嗟叹之不足，故咏歌之，咏歌之不足，不知手之舞之足之蹈之也。"（《毛诗序》）：

"情，人之阴气有欲者也。"（《说文》）

"阴：喜怒哀惧爱恶欲七者，弗学击能。"（《礼记·礼运》）

阴，就是看不见的某种力量。参见《易观》疏："神道者，微妙五无，理不可知，目不可见，不知所以然而然，谓之神道。"

情，就是某种神灵附体的、不确定的精神状态。"阴阳不测之谓神。"（《易·辞》上）

"诗者，志之所之也，在心为志，发言为诗。"

诗就是通过文字书写下来的言。言是口语，书写这个动作使言升华为诗。长短句，是诗的原始形式。

"情发于声，声成文谓之音。"

"生于心，有节于外。谓之音。"（《说文》）

长短句是诗最初的节。

音就是诗。长短句是乱音，不律之音，因此才有后来的"正音""律音"。

"古有采诗之官,王者所以观风俗,知得失,自考正也。"(《汉书·艺文志》)

采诗,是为了考正。考正,就是正音,律音,确立文明制度。

"诗三百。一言以蔽之曰。思无邪。"

孔子编辑诗集,"求诸野",去粗存精。这是一场语言整肃,他要为诗建立一个语言制度。

在野之诗,是长短句并杂的,并不像《诗经》删定的那样齐整。律化诗的形式,在此时已经开端。

孔子的梦想是"复礼"。礼就是律。"礼,规定社会行为的法则、规范、仪式的总称。"(论语《为政》)"道之以德,齐之以礼,有耻且格。"(《辞源》)

齐、格,就是律。

律:约束。

《尔雅·释诂》:律,法也。《说文》:律,均布也。布就是铺开,散乱的东西无法铺开。

诗是语言的最高形式。律化并非只是音乐化,这一方面是口传文化时代的进步,在古代传媒工具比较贫乏的环境中,音韵节奏的齐整能够帮助记忆、朗朗上口,易于背诵,规范、易于传播、利于教化。律是封闭、限制、格式化，对声音的统一、统治。

另一方面，律化这一语言镣铐的建立，并非为着语言的解放，而是语言的限制。一律才能一统。"必也正名乎。""非礼勿视，非礼勿听，非礼勿言，非礼勿动。"这个韵律的物质外壳也对应着孔子理想的社会制度，"考正"。诗言志，律是规范志的工具，将志规范在"雅正"之内。去杂音以一律。将语言中最神秘的部分——诗，套上律的枷锁，有利于文明的趋同、一统的表率。朗诵张三的七律就是朗诵李四的七律。

"非礼勿视，非礼勿听，非礼勿言，非礼勿动。"其实是一种语言疆界的规定。

《毛诗序》："正得失，动天地，感鬼神，莫近于诗。先王以是经夫妇，成孝敬，厚人伦，美教化，移风俗。"

在野的长短句被排斥在诗三百之外。

此后，只有少数伟大的诗人能够突破。李白的魅力就在于他是律诗时代的自由体，长短句，古风。比如《蜀道》。

"思无邪"就是诗无邪。邪，就是郑声。首先要"去郑声"。

雅的本义是犬齿。引申为：基准，标准。《毛诗序》

释"雅"为"正"。

雅就是文明的正道、正宗、规范、制度。

郑声属于口传文化的在野之诗。长短句。

"恶郑声之乱雅乐也。"

乱，金文字形，像上下两手在整理架子上散乱的丝。

乱，是个人化的、地方性知识，不利于广泛的传播。不利于"正得失，动天地，感鬼神"。

"魏文侯问于子夏曰：'吾端冕而听古乐，则唯恐卧；听郑卫之音，则不知倦。敢问古乐之如彼，何也？新乐之如此，何也？'子夏对曰：'今夫古乐，进旅退旅，和正以广；弦匏笙簧，会守拊鼓。始奏以文，复乱以武，治乱以相，讯疾以雅。君子于是语，于是道古，修身及家，平均天下。此古乐之发也。今夫新乐，进俯退俯，奸声以滥，溺而不止；及优侏儒，獶杂子女，不知父子。乐终，不可以语，不可以道古。此新乐之发也。''溺音何从出也？'子夏曰：'郑音好滥淫志，宋音燕女溺志，卫音趋数烦志，齐音敖辟乔志。此四者，皆淫于色而害于德，是以祭祀弗用也。'"（《礼记·乐记》）

诗言志。郑声、宋音、卫音、齐音这些地方性知识都是乱志、丧志、令人沉溺的。

孔子去郑声而正声。他要确立正道。"行夏之时，

乘殷之辂，服周之冕，乐则《韶》舞。放郑声，远佞人。郑声淫，佞人殆。"（《论语·卫灵公》）

"三百五篇孔子皆弦歌之，以求合韶武雅颂之音。"（《史记·孔子世家》司马迁）弦歌之，就是律之。

"思无邪""诗言志"，是一场语言扫荡，删！孔子领导着汉语从野走向雅。也走向他梦想的礼乐的社会。

与世界上"神明——以宗教照亮"的社会不同，中国是"文明——以文照亮"的社会，社会进步、改变总是从文的改造、升华开始。当孔子"一言以蔽之，思无邪"的时候，他就像一位语言学的康斯坦丁。

"去郑声"。

郑声淫。"淫"为"声之过""过其常度"。

匡亚明认为："淫与不淫是从声上讲的，与诗无关。孔子讲'放郑声''恶郑声之乱雅乐'，都是把郑之乐曲与《韶》《武》对应提出的。""雅乐"就是像《韶》《武》这样的古乐，而"郑声"则是新乐、俗乐，在乐音上是有别于典雅、庄重的古乐的。

郑声是长短句，就是个人的声音、原始的声音、地方性知识。

"听郑卫之声，呕吟感伤。"（汉《新序》）"姚冶

之容，郑卫之音，使人之心淫。"（《荀子·乐论》）

"郑国之俗，有溱、洧之水，男女聚会，讴歌相感，故云郑声淫。"（刘宝楠《论语正义》）

郑声也是情诗。

云南的证据："日夜作歌，无老少之忌。""巫者裸身舞于火塘，踩刀而足不伤。""日间群游各觅伴侣，入夜双栖双宿，苟且之事。河蛮之俗，合欢会夜，男女萍水共宿，多一夕之会而孕育，当事者一夜鸳鸯，故不知子属于谁。""未成家男女可欢乐通宵，而父母、官府不管。"（《大理古佚书抄》之明·李浩《三迤随笔》）然后，"群居者将散，行人振木铎徇于路，以采诗"。

屈原：

屈原就是郑声，楚声也是乱音。

《楚辞·招魂》曾经提到"郑卫之音"："二八齐容，起郑舞些，士女杂坐，乱而不分些，郑卫妖玩，来杂陈些。"（《楚辞·招魂》）

王逸《楚辞章句》也是扮演孔子的角色，《楚辞章句》就是要对楚辞"一言以蔽之，骚无邪"，正楚辞之声。"夫《离骚》之文，依托《五经》以立义焉：'帝高阳之苗裔'，则'厥初生民，时维姜嫄'也。" "满堂兮美人,忽独与余兮目成。"王逸解释说:"灵修美人以媲于君。"

这也是去郑声。屈原面目全非。

"诗三百,一言以蔽之,曰:思无邪。"郑卫之音被逐出文明的殿堂。郑声等乱音、野音、自由之音被镇压、禁锢,在主流之外。郑声甚至成为一种疾病,中医的一种病名。其症状为语言重复、声音低弱、若断若续。"医书以病声之不正者为郑声,么嗫呢而不可止者也。"(清·王夫之《四书稗疏·论语·郑声》)

"夫实则谵语,虚则郑声。郑声者,重语也。"注:"戴元礼曰:'郑声者,郑重频烦,语虽谬而谆谆不已。'张锡驹曰:'郑声者,神气虚不能自主,故声音不正而语言重复也。'"(张仲景《伤寒论·阳明全篇》)

"思无邪"深刻地影响了中国文明,诗必须是具有《诗经》、格律、词牌式的形式才是诗。

孔子删述之后,律逐渐成为中国诗的主流,制度。"平仄、押韵、句数、对仗等都有一定的格律,不能任意改变。"(《辞源》)

通过对郑声的祛除,对文(诗)的律限制、规范,文明走向理性。

福柯说:"帕斯卡(Pascal)说过:'人类必然会疯癫到这种地步,即不疯癫也只是另一种形式的疯癫。'"陀思妥耶夫斯基(Dostoieevsky)在《作家日记》中写道:"人们不能用禁闭自己的邻人来确认自己神志健全。"

"理性对非理性的征服,即理性强行使非理性不再成为疯癫、犯罪或疾病的真理。"

"自中世纪初以来,欧洲人与他们不加区分地称之为疯癫、痴呆或精神错乱的东西有某种关系。也许,正是由于这种模糊不清的存在,西方的理性才达到了一定的深度。正如'张狂'的威胁在某种程度上促成了苏格拉底式理性者的'明智'。"(福柯《疯癫与文明》前言)

孔子是一位苏格拉底吗?

"诗余":

诗无邪导致了中国古代诗歌律的主流。律化成为诗的唯一方向。没有律化的语言一概被排除在诗之外。词试图突破律的藩篱,成就辉煌,被称为"诗余"。

"诗余一名,以《草堂诗余》为最著,而误人为最深。

所以然者，诗家既已成名，而于是残鳞剩爪，余之于词；浮烟涨墨，余之于词；诙嘲亵诨，余之于词；忿戾谩骂，余之于词，即无聊酬应，排闷解酲，莫不余之于词。亦既以词为秽墟，寄其余兴，宜其去风雅日远，愈久而弥左也。"蒋兆兰《词说》中词被视为郑声。

李调元更有见地："词非诗之余，乃诗之源也。周之颂三十一篇，长短句属十八；汉《郊祀歌》十九篇，长短句属五；至《短萧铙歌》十八篇，篇皆长短句，自唐开元盛日，王之涣、高适、王昌龄绝句流播旗亭，而李白菩萨蛮等词亦被之管弦，实皆古乐府也。诗先有乐府而后有古体，有古体而后有近体，乐府即长短句，长短句即古词也。故曰：词非诗之余，乃诗之源也。"（李调元《雨村词话》）

可以看出，词最初因为脱离了律的主流，重返长短句，因此被视为郑声之复活。"诗余"在某些古代批评家那里是不入正道的"残鳞剩爪"。郑声在野，在民间，一有机会，就向主流进攻，词的出现是郑声的一次复辟。在词的时代，诗的在场从天地之间转移到室内，私语借助雅的外壳到某种程度的表现。

"我的语言的边界就是世界的边界。"（维特根斯坦）

"语言之外别无它物。"(德里达)"文本之外,别无它物。"(伽达默尔)"能够被理解的存在就是语言。"

强调音韵的朗朗上口、字数的齐整其实令诗的空间缩小了。新诗的合法性也在于它可以表达律化的古代诗词无法表达的那些部分。虽然古代诗歌一再声称"世间一切皆诗",但实际上律化令语言之翼无法抵达许多更精密的精神领域。律使得诗被遮蔽,律就是诗。

胡适《文学改良刍议》:

"至于后世文学末流,言之无物,乃以文胜。文胜之极,而骈文律诗兴焉,而长律兴焉。骈文律诗之中非无佳作,然佳作终鲜。所以然者何。岂不以其束缚人之自由过甚之故耶。"

"今之学者,胸中记得几个文学的套语,便称诗人。其所为诗文处处是陈言滥调,'蹉跎''身世''寥落''飘零''虫沙''寒窗''斜阳''芳草''春闺''愁魂''归梦''鹃啼''孤影''雁字''玉楼''锦字''残更'之类,累累不绝,最可惜厌。其流弊所至,遂令国中生出许多似是而非,貌似而实非之诗文。今试举一例以证之。

"荧荧夜灯如豆,映幢幢孤影,凌乱无据。翡翠衾寒,鸳鸯瓦冷，禁得秋宵几度。么弦漫语，早丁字帘前，繁霜飞舞。袅袅余音，片时犹绕柱。"

此词骤观之，觉字字句句皆词也。其实仅一大堆陈套语耳。

诗在律的保护下丧失了创造力，成为陈词滥调的庇护所，只要会平仄押韵就是诗人。

这一主流在20世纪初被新诗颠覆了。

新诗就是郑声的解放。新诗意味着礼崩乐坏，回到郑声，回到个人的声音。

新诗就是回到最彻底的长短句。

屈原在新诗历史上一再被推崇，乃是因为屈原之音是个人的自由之音，屈原的长短句。礼失而求诸野。新诗重返招魂现场。呐喊者鲁迅、郭沫若，其实都是现代巫师。新诗招的是现代中国之魂。

招魂，只要灵魂出窍，怎么招都行。

在声音上，新诗以个人的声音、语感取代律。

新诗是私人语感的碎片。

什么是诗，失去了律的庇护，需要回到本源的对诗的判断。诗为什么必须？难道仅仅是律的必须吗？新诗使人们对诗的本质的认识回到开始。

闻一多的格律化与孔子的正声不同,孔子克己复礼,通过"必也正名乎"确立了礼的秩序。闻一多正的是美。"美的灵魂若不附丽于美的形式,便失去他的美。""没有进过旧诗库里去见过世面的人决不配谈诗。"显然,郑声是不配入诗的。

他的失败在于,诗不是为唯美而存在。律不是诗存在的根本。

"神对于诗人们像对于占卜家和预言家一样,夺去他们的平常理智,用他们做代言人,正因为要使听众知道,诗人并非借自己的力量在无知无觉中说出那些珍贵的词句,而是由神凭附着来说话。"(《苏格拉底对伊安的话》)

诗是宗教的近亲,这是孔子正声成功的原因。诗教。

是不是乱音,失去了音乐性呢?
我以为恰恰是汉语原始音乐性的解放。

汉语本来是一种音乐性的语言。而且在数千年中以诗为主流的音韵美化中汉语的音乐性越来越浓重。

汉语中的四声平仄和轻声,就像古代五音"宫、商、角、徵、羽"。它令汉语富于音乐性。

"音节高则神气必高，音节下则神气必下，故音节为神气之迹。一句之中，或多一字，或少一字；一字之中，或用平声，或用仄声；同一平字仄字，或用阴平、阳平、上声、去声、入声，则音节迥异，故字句为音节之矩。积字成句，积句成章，积章成篇，合而读之，音节见矣，歌而咏之，神气出矣。"（清刘大櫆《论文偶记》）

平仄使得没有音乐性的汉语不存在。

平仄的律化、正声规范了汉语的音乐性，但也束缚了汉语的自由旋律。使汉语古诗的能指局限于一个封闭重复的空间内，历史是能指的主要资源。

"五色不乱，孰为文采。五声不乱，孰应六律。夫残朴以为器，工匠之罪也；毁道德以为仁义，圣人之过也！"（庄子《马蹄》）

白话诗放弃了律化，反而解放了汉语的原始音乐性。诗歌并没有失去音乐性，反而更丰富了。能指也扩大了。

古代诗歌的场在天地之间。天地有大美而不言，以诵为主，诵也是颂。感通、赞美。外向的。赋比兴。"颂者，美盛德之形容，以其成功告于神明者也。"颂的前提是对大地的信任，"天地有大美而不言。""大块假我以文章。"

今天是大地和文明耗竭之后的时代，以思为主，反思，内省。诗走向私人内心世界，独立、呈现、叙述、转喻。

诗由于声音的内敛、自由、解放，诗可以深入到更隐秘的个人私语中，思之诗。

传媒已经比诗经时代大为进步，印刷技术的普及使朗朗上口、易于背诵、传诵不再是诗的主要功能之一。新诗的声音来自个人，它的节奏、旋律是私人声音的蓝调、布鲁斯式的即兴。

新诗重返古代招魂的现场，与读者之间建立起一种语词之场的招魂式的联系。

新诗的制度不是律的规范阉割个人的声音，而是为个人的独白、语感为基础的诗的空间扩大。

古代的招魂就是个人声音引起的共鸣。不能共鸣的声音自动泯灭。人们依据个人的大地经验、心灵经验来选择招魂者。

在现代，读者可以通过印刷品来读诗。现代诗歌无须记忆，因为印刷品因失忆而消失。诗是诗人创作的语言之场的一次次一次性消费。每次阅读都是一次性的。因为音视频、书籍不会消失，读者可以无数次地消费它，而不必通过背诵来拥有。

无限的开放。一方面是缩小，私人的语感的碎片。

另一方面是扩大，无数语感的碎片需要传递的场、与读者的交流互动。

刊物和书籍是一个场。读者可以通过阅读，自由地虚拟作者的声音，这种虚拟也是一种私人批评。

阅读是一种自我的内省活动。"感受者同时作为完成者和见证人。"在这种阅读中读者可以用自己的声音读诗。他不受公共格律的限制，依据统一的声调阅读背诵，他可以创造自己的读音，一再地用不同的声音阅读同一文字（印刷品）。私人的阅读是开放的。阅读本身就是阐释的开始，而不是被归属在"朗朗上口"韵律下的声音统治。"允许真理展示自身，并自觉地维护这种真理。"（杜夫海纳）

诗朗诵会是现代诗传播的另一种形式。朗诵会是另一个场。印刷品是无声的，朗诵会令作者的真声能够被读者听到，朗诵会是招魂现场的虚拟。仅仅是阅读无声的刊物、书籍将文学限制在一种形而上的疆域内，朗诵会使作者与读者见面，读者直接听到作者的原声，或者听到某位阐释者对原声的阐释。印刷品是沉默的，朗诵会可以将诗的声音重现于公共空间、一个场。作者与读者同在现场。与古代诗歌韵律统治的单向度的背诵不同，在新诗的场里，个人的声音在空间中与读者互动，就像原始时代的祭祀之场。"大众不停地通过赋予作品新义来创造作品。"（杜夫海纳）显然，如果阅读的声音不解放，只是格律的不断重复，那么这种新义的赋予也是非常有限的。

朗诵会如何选择朗诵的作品呢？这是一种阅读和批评的在场，诗的趣味、权威在场的时刻。"艺术形成趣味，造就大众。"朗诵会是一个造就大众的诗歌现场。如何造就，用什么样的诗来造就，非常关键。杜夫海纳的看法是："所谓大众指个别感受者的趣味的普遍性内涵。一部艺术品的每一位观察者都试图将这部作品与其他作品联系起来，将自己对作品的经验与他人的经验相比较。而且，大众和传统对一部作品的好评是作品价值的'最好凭证'。'从其具体的空间与时间的背景中独立出来，存在于普遍的时间与空间当中'，仿佛作品自身构成作品的时空。"朗诵会其实是一种看不见的批评，组织者的趣味已经暗示在他们选择的朗诵者中了。

早期的新诗朗诵也导致声音的暴力。自从文字出现后，汉语就不仅仅是声音了。现代流行的朗诵取消了字，字与声音分裂。使诗从音退回声，固然能够使诗情绪化、感性化、口语化，但也使诗简单化、口号化、标语化、广告化、宣传化。这也有口传时代的影响。简单易记是古代诗的一个普遍标准。声音准确在汉语中是次要的，汉语最根本的是文字。汉字自身的真理性容忍方言，容忍口齿不清，容忍误读，容忍郑声。"作品的本质不会改变，只是在不同的意识活动中，作品的内容表现有所不同。各种观点（声音？于坚注）从各不相同的出发点发挥作品的可能性，挖掘出作品隐藏的宝藏。""允许真理展示自身，并自觉地维护这种真理"。（杜夫海纳）

"既然作品的意义是确定的，并且是无穷无尽的，那么对作品完整恰当的理解就需要多种阐释共同完成。"（杜夫海纳）汉字似乎正是这种形而上的物质，汉字已经是真理，声音的阐释一旦解放，汉字就魅力无穷，这是新诗最根本的前途所在。

今日流行的官方朗诵所追求的字正腔圆，标准化的普通话，其实也是一种"去郑声"。

电子屏幕的出现，进一步丰富了诗的传播手段，它仿佛为现代巫术而出现。作者可以念更为复杂的诗，字与声音不再分离。朗诵会的目的是让听众听到作者的"郑声"，而不是用规范的声音去统治作品。

新诗有一种非历史的宿命,它解放了声音,也开放了意义。"诗言志"是一种文明经验。新诗的危险是,在声音的狂欢中趋向能指的野怪黑乱新空间,而又失去与时间和历史的联系,使得诗在所指的经验中断裂。新诗在时间中获得了解放,是否意味着它也将在空间上成为一种地方性知识?如何既解放了诗的声音,又维护汉字的真理性,是新诗的难度。

"任何作品都植根于历史之中。""审美对象通过形式获得非时间性,然而,形式又是一定实体(如文学中的声音实体)的形式,审美对象的形式向世界与时间奉献了自身。""价值来源于它深深植根于世界的人类经验中,而这个世界是人类共存的共同世界。"

无论如何,宋代的词都是一个典范。这种形式确实曾经"向世界与时间奉献了自身"。

> 2013 年 10 月 30 日初就
> 2013 年 11 月 10 日至 18 日改

棕皮手记：诗如何在

诗就像某种自然之物，在关于它的命名中我们无法感觉、知道它，我们说什么是诗的时候，我们必要进入一个诗的场。我们指着一首诗说，这就是诗。

谈论诗必须知行合一。我的意思是我们只能在路过一首诗的时候指着它说，这就是诗。就像指着一棵苹果树说，这就是苹果树一样。关于苹果树的一切描述都与苹果树无关，而且越精确距离苹果树越远。

有些关于诗的定义解释说，诗就是特殊的语言，或者比普通语言更有力量的语言。依然令人茫然，我们知道所有专业术语都是特殊的语言。而比普通语言更有力量的东西包括标语口号。

我们可以在一部小说不在场的情况下描述一部小说。情节、人物、主题……但我们无法描述一首诗。

诗是无法转述的。

其实谈论诗是什么的人,最终只有举出诗本身来回答。诗就像中国哲学中的"心""仁"这些思想一样,无法概念化。牟宗三先生说,中国文化的开端处着眼点是在生命。这个着眼点也是汉语诗歌的着眼点。诗歌是语言的寺庙,就是最高的语言,但它不是上帝的语言,是活的、生命的语言。克尔凯郭尔说:"上帝不是理解,而是行动。"有人否定诗歌的生命性,这是受西方诗歌概念的影响,把诗歌理解为对世界的理解。而中国传统是对世界的感悟。"诗"就像"仁""心"这些思想一样无法定义,只能在知行合一中去妙悟,在具体的作品中去格物致知。古代中国的诗论非常清楚这一点,古代诗论从来不说好诗是什么,只说诗如何才是好。"六合之外,圣人存而不议,六合之内,圣人论而不议。"(庄子)

一定要对诗说出一个定义是不可能的,诗的定义并不存在,它总是在我们企图说出的时候溜走了。中国古代几千年的诗话,从来没有回答过这个问题。这个问题是无法回答的，所有自以为是的回答最后都滑向诗如何在、做什么，而不是诗是什么。最著名的诗歌定义是孔子的"诗言志"，他的重要补充是"不学诗，无以言"，他没有说诗是什么，他说的是诗要如何、诗做什么。例如"言志""无邪"。

汉语在谈论诗是什么的时候都是启发性、比喻性的，例如严羽《沧浪诗话》："诗者，吟咏情性也。盛唐诸人惟在兴趣，羚羊挂角，无迹可求。故其妙处，透彻玲珑，不可凑泊，如空中之音，相中之色，水中之月，镜中之象，言有尽而意无穷。近代诸公，乃作奇特解会，遂以文字为诗，以才学为诗，以议论为诗。夫岂不工？终非古人之诗也。"

严羽所谓"羚羊挂角，无迹可求"是什么意思，一直都语焉不详。最近看到《易经》里面说："小人用壮，君子用罔。贞厉。羚羊触藩，羸其角。"是说，小人把什么都豁出去。君子则善于隐匿。羚羊触到藩篱，无非挂住个角，全身依然隐匿。角只是个痕迹而已。由此，羚羊挂角，无迹可求，是说诗歌是冰山的一角，语言只是一个角而已，言近而旨远，语言只是痕迹，真正的深意，是无迹可寻的，是只可以意会不可以言传的。

《六一诗话》："梅圣俞尝于范希文席上赋《河豚鱼

诗》云：'春洲生荻芽，春岸飞杨花。河豚当是时，贵不数鱼虾。'河豚常出于春暮，群游水上，食絮而肥。南人多与荻芽为羹，云最美。故知诗者谓只破题两句，已道尽河豚好处。圣俞平生苦于吟咏，以闲远古淡为意，故其构思极艰。此诗作于樽俎之间，笔力雄赡，顷而成，遂为绝唱。"有人认为这种"言简意繁"的诗论，缺乏分析性和稳定的理解模式，只依靠作者个人的修养、经验和感悟去把握，任意性很大，指望更科学的也更量化、更涵盖的诗论。英国作者威廉·燕卜逊的《朦胧的七种类型》是我知道的这方面著名的例子之一。在此书中，作者量化了诗歌中意义交缠的七种类型。但这种"分类"依然无法令读者把握到诗。

"汉、魏、晋与盛唐之诗，则第一义也。"第一义是什么，严羽只是拿作品来说，就是汉、魏、晋与盛唐之诗。严羽讲到诗法：词气可颉颃，不可乖戾。但这是什么，我们只有看具体的作品才可以感悟。所谓"知行合一"，离开具体的作品，无法说什么是好诗。中国诗话从来不在概念上去界定"好诗是什么"，那是不言自明的，诗就在那里。或者是"对不可说的就保持沉默"。

在汉语诗歌中，只有诗在面前，我们才知道什么是好诗。

而且好诗是在比较中不断确立的,无限的,与过去之诗的比较,与同时代的诗的比较。

"论诗如论禅",中国美学多的是关于好诗的比方性描述,"自然:俯拾即是,不取诸邻。俱道适往,著手成春。如逢花开,如瞻岁新。真与不夺,强得易贫。幽人空山,过雨采蘋。薄言情悟,悠悠天钧。"(司空徒《诗品》)以诗论诗,似乎是描述好诗的唯一途径。

妙悟并非虚妄,而是生命、感觉、经验的综合作用。生命,就是要在场,在世界中,在当下的语境中;感觉就是不能把诗歌作为一个知识的对象;经验就是阅读经验、文化教养。教养愈高,妙悟愈深,生命和感觉保证你的经验和教养不异化为知识、概念,诗歌的神秘正在于它只可妙悟。诗的创造是"妙悟",诗的接受也是"妙悟"。好诗是什么,无法定义,一旦进入诗歌,我们就知道它是谁。

所以古代的诗歌标准就是诗选,诗歌史也是诗选。离开具体的作品,在诗歌概念上空转,是20世纪的风气。20世纪以来的所谓诗歌史写作,只是写枯燥的学术论文,而不是诗话。诗话是有作者的,也是风格化和独创性的,而当代文学史和诗歌论文给我的印象是某种绞尽脑汁的书面语的集体写作,没有作者。"苏子瞻学士，蜀人也。尝于渝井监得西南夷人所卖蛮布弓衣，其文织成梅圣俞《春雪诗》。此诗在《圣俞集》中未为绝唱，盖其名重天下，一篇一咏，传落夷狄，而异域之人贵重之如此耳。子瞻以余尤知圣俞者，得之，因以见遗。""余家旧畜琴一张，乃宝历三年雷会所斫，距今二百五十年矣。其声清越如击金石，遂以此布更为琴囊，二物真余家之宝玩也。"（《欧阳修：六一诗话》）在一篇关于当代诗歌的学术论文里提到这些，使用如此口气，是完全不可能的，因为完全不符合所谓的学术规范。

其实《唐诗三百首》也就是一部唐代诗歌史。历史应该以历史事实的记录为主，诗歌的历史是什么，就是作品。20世纪的文学理论受西方影响，文学史都是评论，作品倒放在后面作为参考资料。把诗歌像个尸体般的解剖来解剖去，美名为"细读"，一定要把微言大义刨出来，甚是乏味。自诩为"科学客观中立"，其实里面无不暗藏着小滴滴的"自我"，作品们只是拿来为论文当垫背的。我还是喜欢中国的这一套，"活泼泼地"（阳明先生语）。翻翻《唐诗三百首》，杜甫的《丽人行》，批了6条，第一条只是"神韵"二字。诗歌堂堂正正在前，评论只是见缝插针，语气之间还时时陪着小心，其身份就像足球现场的解说员。他总是站在现场之外，他的说法是与读者互动的,启发性的,毕恭毕敬跟在文本后面的,而不是一个高踞于文本之上的拿着显微镜和手术刀的上帝。作为中国古代最杰出的选家之一,衡塘退士的选本可以视为一部诗歌史。在这种诗歌史中,对文本的尊重是第一位的,文本是一个个现场而不是一具具等待解剖的尸体,引导你进入文本而不是解释。在这种启发式的批评中,批评从来不会伤害,甚至消灭读者的智慧和期待。你可以说是肤浅、缺乏深度、缺乏复杂性、缺乏分析,但这也玩了几千年,玩出了个中国文明。

《岁寒堂诗话》中说:"一切物,一切事,一切意,无非诗者。"世间一切皆诗。这是广义的说法,包含着中国古人对世界的理解,与古代中国万物有灵的思想有关。诗,不仅仅意味着分行的文字。诗,也意味人们对世界的形而上的感受。老子所谓"道可道,非常道""大音稀声",是对这种感受的注解。老子的理论通常在杰出的诗人那里,被理解为诗的基本道理。在中国,诗总是更倾向于道家的思想。"世间一切皆诗"是诗人们的一个出发点,但不仅仅是诗人的出发点,也是古代中国人理解世界的基本点。李白说"大块假我以文章"。"世间一切皆诗"来自"道法自然"的思想,与西方对天堂、地狱的划分不同。有了"世间一切皆诗"的认识,才有天人合一。如果对世界持的是否定的、改造的、拯救者、解放者、革命、救世主的态度，人是不可能与天合一的。世间一切皆诗是中国诗人的一个写作立场，也是中国文明的基本立场。在此立场上，我们才出发作为诗人。

"世间一切皆诗"是说，诗意是存在的本质。"天地无德"，这个"无德"就是诗意。诗意是无，诗是有。

大地、世界、人生本来就是诗意的，诗意是先验的，没有诗歌它们也存在于诗意中，但这个诗意是被隐匿在自然中的，语言把诗意敞开。

诗就是文化，以文去化。天人合一，如何一，通过文来"道法自然"，化为一。

今天的大多数诗歌写得很便宜，语言成了把口水变成文字的工具，表面上很有活力，其实与过去时代将语言当成意识形态的工具一样。

诗是更牛X的语言，激活诗意的语言，当然也可以说是诗意的载体，但载体这个词，听起来像是卡车拉着水泥一样，而诗意是融化在语言之水中的盐巴，已经天人合一了。

诗意是天然的，先于世界存在的，"世间一切皆诗"，这个"诗"就是指诗意。只有语言出现了，把诗意"文化"，诗才诞生。

在古代中国，今天所谓的诗叫作文。诗意是文之前就存在的。文是诗的敞开。

人感受到诗意的存在，沉默着，无文。只有文字可以"文化"诗意，进而文明世界。文是对诗意的照亮、敞开、去遮。文是创造，文不是自然，不是自然的诗意，文是"道发自然"。人通过文脱离荒野，成为人，人者仁也。文是独立的，文是独立的语言，文（诗）是文（诗），诗意是诗意，这是两回事情。诗意在诗被创造出来之前已经在那里了，诗意无所不在，但只有语言天才可以创造。诗人就是文人，文人就是有能力"文化"世界的人，说得形象点，文人就是部落里可以为他人"文身"的人，那些人就是巫师。

文人并非今日所谓的"文化人"。文人是一种使命。

"世间一切皆诗"并不是同流合污，中国诗人的批判性，总是表现为从"非诗的""时代"向"世间一切皆诗"的"世界"的重返。在中国，"世间一切皆诗"从来不是乌托邦，它以对整个大地和日常生活的信赖为基础。"卿云烂兮，糺缦缦兮。日月光华，旦复旦兮。"据说这是中国最早的诗歌之一，可以看出我们被无条件地抛入其中的这个对与生俱来的世界的态度，是亲和的、认可的、依赖的，是赞美。自然就是天堂。这种态度与基督教文化完全不一样，看看《旧约》的开始："起初，神创造天地，地是空虚混沌，渊面黑暗。"神的灵运行在水面上，神说："要有光，就有了光。神知道光是好的，就把光暗分开了……"世界是神创造出来的，神知道好坏。"诸水之间要有空气，将水分为上下。"这个神忙得很啊，一开始就在分这样、分那样。而在中国思想那里，自然的一切都是我们必须依赖的，并没有是非。"天地之大德曰生。"（《易经》）"生之谓性。"（《近思录》）"六合之外，圣人存而不议，六合之内，圣人论而不议。"（庄子）"顺应"是中国思想的一个核心。"大块载我以形，劳我以生、佚我以老、息我以死。""与物委蛇，而同其波，是卫生之经也。"（庄子）感激、敬畏自然。自然就是天生之诗。所以中国文化最发达的是关于自然的诗。向自然学习感悟诗，把诗自然化。

诗是对文的创造，但这个文不是开天辟地，而是"道发自然"，不是反自然的虚构之文，是"道法自然"之文，是"天人合一"之文。此文何其文也！

文只是人创造的一些痕迹，而不是设计一个新世界把旧世界摧毁另起炉灶的革命。

文"道法自然"，如何"法"，靠的是养。养就是生殖。天地之大德曰生，生就是养。大地生我也养我，生是开始，养是生的继续。人与大地的关系是被养。这与西方的拯救不同，拯救是虚构一个东西来救亡，把人理解为死亡，只有拯救才可以获得复活。救赎在汉语里面的意思，救：阻止、援助、治理。赎：用财物换回人身自由或抵押品，抵消或弥补罪过，赎身、赎罪等等。我不知道基督教的救赎（salvation）翻译过来有没有这些意思，但救与养肯定是完全不一样的。中国的养，不是把生命视为悲剧性的存在，而是天地之大德曰生。"天行健，君子自强不息。地势坤，君子以厚德载物。"这不是悲剧，而是对大地的信任，是随遇而安、顺天承命，是道法自然、天人合一。养与救是东西方文化对大地的不同理解。西方反自然地虚构、设计图纸，改造、革命于大地以复活。中国则顺应自然、道法自然。

文雅。文而雅，雅而驯。雅是什么？正确、规范、美、高尚、极致。尼采福柯都以为"理性就是酷刑"。如果理性是西方的酷刑的话，那么雅就是中国的理性。雅是文的结果，文是动词也是名词。文是动词的时候，它是活力之源；文是名词的时候，它是规范。文是文明史的非历史阶段，先锋、创造。雅是文明史的理性化、历史化。雅驯，令宋以后的文日益式微，小气，丧失了生命力。五四新文化运动可以看成一场对"雅"的革命。但"文革"不仅摧毁了雅,而且摧毁了文,中国重新回到文以前的野蛮时代,只有诗意没有诗。

中国没有基督教的上帝,如果有的话,那就是文。不要文化,那么要什么化呢?20世纪的选择是意识形态化。

诗人只是那些把诗写出来的人。在诗之外,诗人并不存在。这个人是渔夫、水手、公务员、士兵、官员、工人、父亲、母亲、少年、老者……

诗有时代,但没有年龄。

在诗人这里,世间一切皆诗,不应该理解为题材,理解怎么写都是诗。在诗人这里,写以及如何写是最重要的区别。将诗诉诸语言,就不再是"一切皆诗",语言有它内在的、独特的、经验性、历史性的要求。

在漫长的旅途中

在漫长的旅途中
我常常看见灯光
在山岗或荒野出现
有时它们一闪而过

有时老跟着我们

像一双含情脉脉的眼睛

穿过树林跳过水塘

蓦然间　又出现在山岗那边

这些黄的小星

使黑夜的大地

显得温暖而亲切

我真想叫车子停下

朝着它们奔去

我相信任何一盏灯光

都会改变我的命运

此后我的人生

就是另外一种风景

但我只是望着这些灯光

望着它们在黑暗的大地上

一闪而过　一闪而过

沉默不语　我们的汽车飞驰

黑洞洞的车厢中

有人在我身旁熟睡

1986 年 10 月

我们假定这就是现代汉语诗歌约定俗成的形式，我们假定没有这种基本形式的文字都在我们讨论的诗之外。一首诗首先是某些语词的组合。更具体一点，狭义的诗是文字的。再狭义一点，这种文字是分行存在的。广义的诗存在于一切中，而那不涉及什么是什么不是的问题。但诗一旦诉诸语言，就不再是一切皆诗。但是，如果一首诗即便诉诸语词，其呈现的方式依然是难以确定的、无法分析的。我最多只可以说，语词的组合并非随意，而是有某种通过特殊组合集中起来的语词所发生的关系产生的方向性。在这个方向上，我们会读出意义，体验到情绪，但这个意义与其说是个可以说得出来的概念，不如说它依然是无，因为不同的读者会对那个"在我身旁熟睡"者有完全不同的感受。并且，语词环绕着某个意义核心的群舞本身所产生的感受、在场感，也是无法解释的。解释到意义为止，但意义并非诗歌的终结之处。从这里，海德格尔所说的"语言之说在所说之话中为我们而说"的东西继续展开。

广义的诗存在于言——有意义的声音中，狭义的诗就是汉字的某种组合。

庄子有段非常重要的话："世所贵道者，书也。书不过语，语有贵也；语之所贵者，意也。意有所随，不可以言传也。"如果说，在诗歌中，我们有时候还可以指出其意义，但"意有所随"的东西，却从来无法指出。英国作者威廉·燕卜逊的《朦胧的七种类型》的失败之处在于，他忽略或者感觉不到诗歌中这种由语词的出场发生的"意有所随"的东西，而这正是一首诗得以成立的最重要的方面。一首诗的不可分析、解释的部分，"论而不议"的方面，只有"在场"才可以体验的部分。西方诗论总是把诗歌理解为某种对世界经验的特殊的解释、分析、再现。劳·坡林在一个为英美读者写作的普及诗歌阅读方法的小册子中，引用了丁尼生的一首关于鹰的诗，他说："如果读者把这首诗仔细阅读了，他将感觉他取得了一种重要的经验，更好地理解了鹰。这些就不是他从百科全书所能求得的。百科全书的条目好像是对鹰的经验的分析，而诗是这一经验的综合。"这当然是一个方面，但我要指出的是，诗歌更重要的方面是语词创造的场所唤起的体验。而他列举的丁尼生的《鹰》在我看来，最终抵达的感受其实与鹰毫无关系。

　　李白的《将进酒》，是一首用语言做成的酒，阅读它能够将你引入某种迷狂。狄金森说："它令我全身冰冷，连火焰也无法使我温暖。我知道那就是诗。假如我肉体上感到天灵盖被掀去,我知道那就是诗。"

从语词的"有"导向只可意会不可言传的"无",这是诗歌的基本悖论。日常语言没有这种方向性,日常语言是松散的,消费式、一次性的,有当下的目的、意义而没有方向的。

受过西方式的分析理念和逻辑化训练的人们也许不同意我这种虚无主义的说法。他们认为"诗"可以像解剖青蛙那般细读,确实可以,但这种细读的结果,无一不是诗歌本身的死亡。实验室的解剖论文当然成立,但那永远是医学年会上专业小圈子的研究成果,对那些渴望通过诗歌评论理解诗歌的读者完全无益。而在这一点上,中国古典的虚无主义式的然而非常具有存在感的诗歌评说却从未脱离读者。

20世纪中国最伟大的诗歌批评来自王国维。与这位大师的诗论比较起来,20世纪大多数中国批评完全无足称道。

我们当然从西方诗论中获得很多启示,但那总是格言式的只言片语,这种启示其实恰恰与中国古代诗论给我们的启示的方式一致。我相信很少有人会从"朦胧的七种类型"这样的条分缕析大部头诗歌论著中获得什么启发。它自有其存在的圈子,但与诗相去甚远。

2001年6月10日，在布里斯班

这个夜晚布里斯本的天空有着李白式的明月　但下面的座位上

没有月光　在一个橄榄球场内与三万五千个白种人坐在一起

看比赛是刺激的　呼喊　一只叫作狮子的队与叫作轰炸机的队

在搏斗　人造的光辉灿烂和激情中　摸摸深藏在内衣里的护照

明月被无情地浪费了　观众中没有一句汉语　我远离故国

深入大海那边　犹如金色的蝎子　出现在陌生的

星座之间　没有北斗　南十字星使天空显得高傲　生硬

白天在郊区的玻璃温室　遇见上百种从未见过的植物　犹如

一所监狱的梦被豹子装置　稍后从画廊变形的眼球里

我认出了卢梭的肺　而玛丽说　那些金属的栅栏

可以叫作铁皮棕榈　年轻的城市　像健康的男孩

喜好运动　蹲在集装箱的旁边　呕吐着　尚未消化的

文明　也许有一天　它会把英格兰笨重的蛋壳　彻底

扃掉　归顺荒原上的袋鼠　月光不断地扫描着黑夜的内脏

但总是　有电源开关在其中作梗　入场券的后面是大海

巨大的钢琴盖　在黑夜深处缓缓掀起　肖邦抬起了手指

海上明月共潮生　只有在月光的指引下　它们才能起舞弄清影　置身在它宽容的齿缝间　我知道　最终是它决定一切　虽然表面上　在每一个国家　什么都要听裁判的　欢声雷动　狮子再次得分　地球上

万物正在投生　我的内心有寒山寺的蚕在吐丝

疏影横斜　暗香浮动　不易觉察的　与众不同

在座位上我是一颗东方的酸橄榄　不能说话　不能表达

傲慢和幽默　我的身体　像鱼那样毫无意义　肉在变咸

这里很少出现黄种人的面孔　他们背井离家　漂洋过海

来到这个有钱的国度　卖饺子和米饭　或者在图书馆查阅资料　记笔记　复印　然后带着偏见　衣锦还乡

清辉玉臂寒 九点半 有一个昆明人将从悉尼回到老家 离开单位的时候他愤世嫉俗 走下飞机博士
已经发福 我支持狮子队 仅仅因为我出生在八月
我喜欢把自己想象得比已经具备的 更具雄性 后面是
大海 河流在月光下滚动 像是一个发着高烧的病人
忍受着船只的折磨 作为水 它还不够咸涩 大海是最后的医院 肤色不同的蜢蚱正沿着 西敏家的栏杆
向鸵鸟的嘴边爬去 负鼠在黑暗的屋顶摆布着什么 昆明在不停地下雨 水泥的小区里 长出了第一批青苔
它们是否来自唐朝的后庭 玉阶生白露 今夕是何年?
在那边 波斯菊躲避空袭 就像轻视蚊子一样从容
天空犹如荒原 中东的额头 何时会碰到新月的鬓毛?
啊,这个辉煌的夜晚 狮子获胜!

失败的墨尔本市区　酒吧里空无一人　月明星稀　鸟雀南飞

老陶刚刚回家　汉语教员来自云南的一所大学"花间一壶酒

独酌无相亲　举杯邀明月　对影成三人"　他的学生发音

总是不准　这是一年中的某个学期　世界各地天气不同

月有阴晴圆缺　文明的内容互相矛盾　在装卸货物　在流亡

在蒙头大睡　在哭泣　在枕戈待旦　无数的金樽空对月　等待着

另一个轮子　在丽江的大具　月亮的金趾甲在水洼里发光

我认识的农民　李福生从未见过大海　但他敬畏菩萨　十点钟

还在院子里拾掇　把镰刀和种子放在秋天的门口　喂马

月光在群山的长背脊上　洒满了梅花　啊　这个夜晚我将会

写下这些　如果终老原籍的母亲问起　我将回忆这些

如果夜巡银河的警察怀疑　我将交代这些　因为我在澳洲

在布里斯班　因为球赛刚刚结束　球迷们摇滚着从体育场

涌出来　发现外面满地的月光　像是大海赶着银色的羊群

越过了潮湿的边境　来到大地之上　歌明月之诗　咏窈窕之章

他们偃旗息鼓　像覆盖着祖国地图的羊毛　安静地卷曲起来　因为

那份随之而来的温暖　为澳大利亚的秋夜和我套上了灰绒绒的毛衣

因为　一千年前——李白和皇帝从长安出发　骑着白鹤去寻找仙人

后来李白升入天空　照耀故乡中国　皇帝和他的制度被废黜

不知所终　因为在汉语中　李白就是明月

因为在这个月光如水的夜晚　我沉默在上帝的羔羊中

汉语像月光下的大海　在我生命的水井里汹涌

2001年11月14日

一首诗是一个场。它在召唤。

古代判断好诗的方式是依靠经验和时间。依据阅读经验，因为汉语诗歌不是"一穷二白"的。古典诗歌与白话诗歌形式不同，但普遍经验是一致的，否则今日的人就不要说他们会被古代诗歌感动。我相信只要排除偏见，尊重感觉和经验，就像我们总是被已经成为经典的诗歌感动一样（在那里我们当然知道什么是好诗），我们可以同样在当代诗歌中感觉，甚至认知到同样杰出的诗歌，与这种感觉和认知的可靠性比较起来，所谓"诗歌标准"——尤其是当它被诗歌的正式发表、诗歌评奖、诗歌选本、诗歌史、诗歌评论仅仅作为维持话语权力的游标卡尺去利用时——是完全不能信任的。

普遍经验其实是某种叫作"无"的东西。诗歌的持久性不在于它的语言形式，而在于它通过它时代的语言表达的那种普遍性的不可言传的"无"。永恒魅力来自诗所传达的无，而不是有。我们是被那种言已尽而意无穷的"无"所动。

我们还是可以依据阅读经验辨别出什么是好诗。好诗的要素已经约定俗成。对好诗的感觉已经积淀在我们关于语言的经验中。

诗就是那些可以蛊惑人心的语词。当你被蛊惑的时候，你就进入了一首诗。那些语词经过诗人的组合，具有返魅的力量。

狄金森说："它令我全身冰冷，连火焰也无法使我温暖。我知道那就是诗。假如我肉体上感到天灵盖被掀去，我知道那就是诗。"说得好，诗是一种可以唤起感觉，令人心动并体验到的语言。

读一首诗就是被击中。而不是被教育。

最得人心的诗是最具魅力的诗。是为天地立心的诗。

而什么语言会构成一个得人心的具有魅力的场，这是无法确定的。任何语言都存在这个可能，任何组合方式都存在着这种可能。在诗歌上，诗人必须承认不可知，诗歌具有巫术的特征。今天，世界上的一切都在量化，而诗也许是最后的无法量化的。这也是诗歌得以在技术时代独立并高踞于精神生活之巅的原因。

一首魅力四射的诗是一个塔。塔的基础部分人人可进、可懂。个人的修养（心灵、感觉、阅读积淀、知识结构）决定你可以进入诗的哪一层。诗最核心的塔顶部分，只有少数人可以进入。但如果只有这个高处不胜寒的少数而没有下面的基础，塔就飘在天上。

齐白石说:"太似则媚俗,不似则欺世。"媚俗的诗只有一层,欺世的诗只有飘在天上的尖。

好诗是,其最大的一圈是引车卖浆者流都明白的汉语。其最小的一圈,是禅。好的诗歌是七级浮屠。深度属于最小最核心的一圈,最基础的部分,那个外沿只要懂汉语都可以进去。

一座塔是一个立体的场,也可以用佛教的"坛城"来比喻。"汉魏古诗,气象混沌,难以句摘。"王国维所谓"有篇无句",是新诗气象。

一首诗就是一个语言的场,"篇终接浑茫。"就是语言已经被创造成为一个场,进入"意有所随,不可以言传"的境界。主题、意义、情绪、修辞、深度……都是小于场的东西,而这个场是心的在场,语言在这里已经消失。所谓得意妄言。又说到玄学了,确实,心是什么,在中国经验里,这是大家都知道的,但无法定义。论语讲的就是心,但孔子始终只是在说心在人生中的不同状态。"六合之内,圣人论而不议。"

诗是语言创造的一个存在之场,离开了这个场,诗就不存在。

场创造气象。有气象的诗就是王国维说的那种有篇无句的诗。

用意境、意象来说现代诗太小，白话诗的语言是比古典诗歌的语言更丰富、更深入细节、更具体的语言。因为在1840年以后，中国已经不是古典的中国，汉语已经不是古典的汉语，汉语的空间被巨大地释放出来，这个空间过去被遮蔽在典雅的字文化中。

在中国，不识字并不意味着没有文化。中国有着无文文化的传统。白话文释放的正是存在于日常口语中的无文之诗。这是古代汉语无法彻底释放的。

说文解字说："言，直言曰言，论难曰语。"直言就是直接说出来，"无所指引借譬"，"言，心之声也。"言就是汉语中无文的部分，语就是字的部分。诗是语，言是它的源。言和语的矛盾、斗争一直是汉语诗歌的活力所在。

如果说古代汉语在后来日益封闭、重复和不断地自我修复。现代汉语的本性则是活力、解放、吸纳、去蔽、开放。而其被激发的动力是无文的言。

文这个字最初的意思是色彩相错。"物相杂，故曰文。""五色成文而不乱。"文是一种秩序。文就是字，先有言，后有字。文字是对世界的秩序化，"道之显者谓之文，盖礼乐制度是也。"（《集注》）言是心之声，文字彰显了心，也遮蔽了心，这是一个悖论。

说文解字说：言，直言曰言，论难曰语。直言就是直接说出来，"无所指引借譬。""言，心之声也。"语，分析论辩。中国文字一开始就是诗的，言与语的斗争也是开始就存在的。直言就是口语，论难就是书面语。

语到了雅，诗就必须回到言，重新汲取创造活力。雅驯其实是一种体制，它不是创造，有时候甚至是无形的行政。雅是一个巨大的传统，诗人反传统是必须的，因为诗是对雅的激活。但如果把雅作为全社会的革命对象来革命，那就是灾难。

我说一首现代诗是一个场，我更强调的是气象，气象是使意义得以活起来，完全释放的空间。意只是境——场中的因素之一。

得人心，心的复杂性在于人心所向，各时代并非完全一样，所向有普遍性的，有时代性的，有当下的，有永恒的。那些当下所向的诗，对永恒所向的诗歌是一个暂时的遮蔽。

情绪、智性、意识形态、主义、主题……都在广义上与诗有关。但我认为"动心"是最高的诗。因为智性、意识形态、主义、主题、情绪都是此一时彼一时的，有时间的、时代性的。而心是无时间的。"心生道也"，心可以感觉到，却无法说出来。西方诗歌，一般来说，以讲求机智的智性诗歌为主，所以把诗作为对象来分析，与诗是智性游戏有关。古代中国的诗论很明白，对不可言说的就保持沉默，大而化之。

最高的诗是存在之诗。存在就是场。最高的诗是将一切：道、经验、思想、思考、意义、感悟、直觉、情绪、事实、机智都导向一个"篇终接浑茫"的混沌之场，气象万千，在那里读者通过语言而不是通常的行为获得返魅式的体验。在存在之诗中，语言召唤，是自在、自然、自为的。

其次是机智之诗，机智之诗是语言游戏，其最高形态是解释、理解、分析、认识世界。语言是诗人的桥梁、工具、载道的载体。机智之诗是可以想出来的，它是一种构筑，在诗里面，唯机智之诗可以习得。中唐从李贺开始，机智之诗开始登场，据说这位诗人白天骑在马上，想出一些孤立的句子，晚上就把它们连缀起来成篇。贾岛是机智之诗的典型。

存在之诗道发自然，它是文。机智之诗追求的是"正确的诗"，什么是正确的诗，机智之诗有一张图纸。

机智的诗人在本质上是技术员，人类灵魂的工程师。他们是被雅驯的诗人。

对于存在之诗来说,一首诗就是一次返魅。

存在之诗的诗人是巫师。他们是将雅激活的诗人。

返魅就是对世界的陌生化,回到不知道的状态中,就是重返黑暗的荒野,就是经验的陌生化。好的诗歌仿佛令我们的感觉抛弃所知道的一切陈见,重新诞生。

存在之诗歌是开始的诗。机智之诗是历史的诗。

存在之诗起源于古代的巫术。

存在之诗直指人心。存在之诗是黑暗的、无解的。

机智之诗是自我解释、辩护、引用……它是知识、逻辑、理性、图书馆时代的产物。机智之诗是可解的。机智之诗像古代说的"诗余",但我指的不是形式,而是本体。机智的诗确实有一个现代文明的本体。我认为,与古代中国的道法自然不同,今天,一个全面的反自然的、以图像式的虚拟为特征的世界已经本体化了。

在一个完整的现代诗人的世界中,同时存在着存在之诗与机智之诗、朴素之诗与感伤之诗。

存在之诗起源于古代的巫术。

云南是中国最后的依然可以看见巫术活动的地方。"昔葛天氏之乐,三人操牛尾,投足以歌八阕。"这种场面在云南出土的青铜器中可以看到,就是在二十年前,也可以在现实中看到。1998 年,我曾经在云南丽江地区的一个山村中目睹了一场招魂的巫事。东巴就是古代纳西族的巫师。像甲骨文一样,东巴文字首先是用来占卦的,东巴文字只有祭师可以使用。着装、点香、敲锣鼓、手舞足蹈、念念有词,在场的一切都被召唤出来,跟着某种方向活动这个场。最后我感觉到某种看不见的东西出场,我记得有一头牛忽然倒下。而东巴身上忽然凝集着巨大的力量,可以把一头猪咬着尾巴旋转。在场者都进入迷狂状态,尤其是参与的人。

我们可以把在场的一切人、行为、木偶道具、胡言乱语都视为语词,而巫师就是那个通灵的诗人,叫魂,令灵魂出窍,就是召唤意义。我注意到,一切都不是直接的,仪式和声音都是象征性的、隐喻的转换,一切在场者都在召唤不在场的。《诗大序》说:"诗者,志之所之也。在心为志,发言为诗;情动于中而形于言。言之不足,故嗟叹之;嗟叹之不足,故永歌之;永歌之不足,不知手之舞之,足之蹈之也。情发于声,声成文谓之音。治世之音安以乐,其政和;乱世之音怨以怒,其政乖;亡国之音哀以思,其民困。故正得失、动天地、感鬼神莫近于诗。先王以是经夫妇,成孝敬,厚人伦,美教化,移风俗。"说的是诗如何在,"正得失、动天地、感鬼神,莫近于诗。"说的也是巫术。东巴在纳西人中，身兼通灵者、启蒙者、预言者、哲学家、智者、医生、诗人、艺术家、历史家、公共知识分子等多种身份。而如果将这些身份置换为诗歌中的各种成分，那么这个巫师作法的道场可以说是一个诗人创造的一首广义的诗，因为"无"被召唤出来。诗歌起源于巫术。或者，谨慎些，巫是诗歌最重要的起源之一。

诗歌至今保持着与萨满教的神秘联系。原始时代对世界的意识首先是看见，之后发出声音、开始说话，"直言"。鲁迅认为，诗歌起源于劳动时的"吭唷、吭唷"之声。我认为歌先于语言、文字，诗是文字出现后才产生的。声音，歌咏是本能。闻一多认为，歌是"孕而未化"的语言（《神话与诗》）。鲁迅所谓的诗，我以为是在"泛诗"的意义上使用的。符号、文字则是记录世界。记忆被意识到，并通过符号、文字来记录，世界从此开始。直言曰言，论难曰语。直言就是口语。论难就是字。

《说文解字》考证说：文即文身之文，像人正立形，胸前之（几个符号，省略），即刻画之文饰也。人类在世界上，只有言的心是黑暗的，按西藏人的说法，那是"非人"，人把言和心记录下来，符号化，就是文明。文才可以明。在云南和东南亚，某些民族还保留着文身的习惯，文身就是以文明之。

古代汉字是用来进行祭祀、巫卜活动的，巫是文明的开始，人意识到神灵的存在，并召唤它。诸神世界的出场意味着精神世界被意识到，其实就是语言出场。

汉字是召唤神灵的工具。

符号、文字一开始就是象征的、比喻的、虚构的、隐喻的，它创造了精神世界。所谓"论难曰语""指引借譬"。言被升华为文，同时文对言的遮蔽也开始了，所以口语与书面的语的斗争是一个永恒的汉语诗歌的场，缺一不可。

在隐喻之前是神话。神话是无文的，它也是一种象征，但直接就是。能指与所指是平行关系。转喻的。

隐喻是历史的。能指与所指是垂直关系。文的活力在于总是一种从隐喻回到神话、从垂直回到平行的努力。象征是语言的宿命。但是最初的象征，与世界是平行的而不是解释。例如"雷"，当这个符号确立的时候，雷这个字就是那种被感悟到的可怕力量本身。而不是对这种力量的解释。

对沉默的荒野给出意义。荒野是无心的，或者说荒野之心隐匿在黑暗中。世界开始就是有心，符号、文字就是为荒野立心，给出说法、解释、意义，世界由是开

始，文字的出现就是世界出现，这是惊天动地的大事，因此"昔者仓颉作书，而天雨粟，鬼夜哭。"（《淮南子·本训》）

隐喻是一种召唤，言此意彼。在场者对不在场者的召唤。

人不同于动物，因为人有心。动物只意识到有，而人感觉到无的存在。

心是黑暗的，只有文字，才把心亮起来。文明就是这个意思。文明明的是什么，就是心。所以古人说，文章为天地立心。在文字之前，当然有诗存在，但那是无家的诗。海德格尔所谓"语言是存在的家"，是之谓也。

"在心为志，发言为诗。"闻一多先生在考证诗的起源的时候说，"志"就是停止。"在心为志"就是"藏在心。"（《神话与诗》）

在心为志，说出为诗，诗使藏着的心得以去蔽彰显出来。诗使心不再游荡于黑暗的荒野，诗使心有了家，有了在场，文明于是开始。人从黑暗中获得自由、解放。"诗者，天地之心。"（清·刘熙载）

"心生道也。"（《近思录》）心是最高的精神状态。感觉是最接近于心的状态。这是不可说的。在诗中，它们是"意所随"者。情绪、意识、思想、主义是较低的精神形式,这些可以说。在诗中,它们是意思、主题。

孔子把心解释为仁。朱熹把心解释为理。海德格尔说过"Ereignis"。都是心的某种表现、状态,而心永远是无,需要召唤,诗是召唤心灵的最本质的、原始的形式。

"诗言志"最初的意思是,说出藏着的心。也有记录记忆的意思,后来被解释为怀抱、"胸怀大志"的"志",是理性化的文明对诗的遮蔽。

人类创造的第一个符号、第一个文字就是第一首诗。

"一",可以说是汉语的第一首诗,多简单的一个字,却是开天辟地的。汉语词典就是从这个"一"生殖出来的。它是一画,也是一个字。它描写了人所看见之世界的第一个顺序、形态。这个创造"一"的人,也许在北方的大野上看见了地平线,他或她用"一"来区别天空与大地、上面与下面,"道生一,一生二,二生三,三生万物。"生发出有与无、虚与实、阴与阳、知白守黑……石涛说:"法立于何?立于一画,一画者众有之本,万象之根。"

"一"不是想象出来的,而是看见的,是存在着的。

周汝昌先生说:这个一画太伟大了!

汉语显然起源于"看见",我觉得西方语言起源于声音。汉字第一是"象形",然后才是声音。拼音文字是虚构,象形文字是看见,象。

周汝昌先生为汉字的发生列了一个顺序:察象、取象、具象、表象(事)、离象、遗象、超象、非象。

象在中国思想中至关重要。与西方的虚构、想象不同,象隐含着对此岸的、对被抛入的世界的尊重,随遇而安,顺应。与之和,而不是与之离。天人合一。

这种性质至今保持在汉语里,许多汉字本身就是一首诗。例如"道",其朦胧和多义,在不同语境和上下文里面有不同含义,其意义的丰富复杂正是诗语言的特征。说文解字:"仓颉之初作书,盖依类象形,故谓之文,其后形声相益,即谓之字,字者,言孳乳而浸多也。"言为心声,但只有语言才可以使它丰富、复杂地滋生起来。言无法招魂,语才可以招魂,招魂就是生,就是化,化者,生也。化者,死也。文化者,就是超越死亡的生。

占卜的甲骨文中的某些部分可以视为最早的诗。巫师是最早的职业诗人,他们负责解释世界的各种现象,为世界提供意义以安心。"硕鼠/硕鼠,无食/我黍!三岁/贯女,莫我/肯顾。逝将/去女,适彼/乐土。

乐土／乐土，爰得／我所！""戊辰卜，及今夕雨？弗及今夕雨。""癸卯卜： 今日雨／ 其自西来雨 ／其自东来雨／ 其自北来雨／ 其自南来雨""断竹／续竹／飞土／逐肉。"这是卜辞。屈原实际上就是一位为楚国招魂的巫师。就是在"诗史"杜甫那里，诗歌依然在"语怪力乱神"。" 思飘云物动， 律中鬼神惊。"(《敬赠郑谏议十韵》)"箫鼓哀吟感鬼神。"(《丽人行》)"笔落惊风雨，诗成泣鬼神。"(《寄李十二白二十韵》)把李白想象为巫师。

汉语是世界上少数直接就是诗的语言。李泽厚先生认为，中国文化起源于巫史传统。汉字最初就是占卜的工具。汉语的模糊性、不确定、象征性、多义性、非逻辑的隐喻性都有着萨满教语言的特点。兴、观、群、怨其实也是巫事活动现场的各种因素。汉字一定要在场，在具体上下文里才显示所指。汉语的修辞方式也经常用巫化的语言来表现，例如：含沙射影、暗示、指鹿为马、张冠李戴……汉语在后来的历史中逐渐理性化，"不语怪力乱神"，在言与语的斗争中，语逐步占了上风，平衡被打破了。字在书面语的不断雅驯中逐渐僵化，信被语词遮蔽。白话文运动其实就是重返言的运动。但汉语萨满教的遗传一直在诗歌中保持着。

李泽厚说：巫并不是中国独有，很多民族都有。非洲的也好，太平洋群岛里面的一些部落都有 shaman（萨满），这个词本来就是从俄罗斯通古斯传来。关键是中国把它理性化了。远古各民族都有这个东西，然后走向第二个比较成熟的阶段，就是宗教了，但在中国在巫之后并没有宗教这个阶段，而是把巫的特质理性化了，之后它就起了代替宗教的功能。

诗最初是巫师工作的一部分，后来它成为传播宗教教义的载体之一。诗与宗教的渊源来自巫卜时代，其关键就在于宗教总是必须借助隐喻性的言说。上帝是虚构的，他只在隐喻中存在。"真正的宗教对世界的不可言说性充满着敬畏。在信仰的灵光中世界变的伟大，也更模糊不清，因为宗教保守着世界的秘密，人们把自己看作这个秘密的一部分，人对自己并没有确切的把握。"（布赖《干瘪的宗教》）

在西方，诗成为暗示宗教教义的修辞手段，直到19世纪才喘过气来，法国诗人马拉美感叹道："在诗的历史上……诗人再也不是照着唱经台上的圣书歌唱了，这是有史以来第一次。"

中国没有西方意义上的宗教。但有诗教，从儒家开始的"诗教"使起源于巫的诗理性化了。《论语·雍也》:"子曰:'务民之义,敬鬼神而远之,可谓知矣。'""不语怪力乱神",史的时代、知的时代、理性的时代也就是语的时代开始了。诗可以多识"鸟兽虫鱼之名"。诗人从"怪力乱神"的巫事活动中的先知、通灵者、发言人到"诗教"中的诗人似乎顺理成章。沈德潜说:"诗喻物情之微者,近《风》;明人治之大者,近《雅》;通天地鬼神之奥者,近《颂》。""通天地鬼神之奥"这个起源已经被文明分类为诗独有的功能。

李泽厚先生认为,在巫史传统中,巫的仪式演变为礼。礼就是秩序。但巫的"怪力乱神"非理性的、直觉的部分,在诗中保存着。中国的诗教其实有两个方面,一个就是对不可知世界、混沌、神秘性、模糊性、不确定性的迷恋,这是诗的存在之本。另一方面,是对前者的约束,"温柔敦厚,诗教也。……其为人也,温柔敦厚而不愚,则深于诗教者也。"(《礼记·经解》)唐代孔颖达在《礼记正义》中解释说:"温,谓颜色温润;柔,谓性情和柔。诗依违讽谏,不指切事情,故曰温柔敦厚诗教也。"意思是诗人要性情和柔、讽谏批判,要"怨而不怒""止乎礼义","执中"要"中庸"。"温柔敦厚"不是教义,不是形容词,而是度,是动词式地表达儒家教义的基本方法,它要求的其实正是创作过程中的隐喻方式。微言大义，镜花水月，言此意彼，不可以直截了当，一竿子插到底。这正是诗的修辞方式。

巫史传统在诗这里，巫意味着诗的原始的、非诗、创造性（相对于史而言，是非历史的）的一面，史意味着"温柔敦厚"。古代中国的诗歌在晚唐以后大部分只是史、只是诗教，巫气越来越弱，"诗言志"的志被理解为理，逐渐遮蔽了心。五四以来的现代诗恢复了诗最本质的一面：巫。诗首先是语言的解放、自由、招魂，但过度自由会导致"过犹不及"，神灵的隐匿，召唤的无效，因此要"温柔敦厚"，这是一个中国式的经验。

宋代张载说："为天地立心，为生民立命，为往圣继绝学，为万世开太平。"前两句是巫，后两句是史。

在中国，文化就是宗教，中国通过文化去教化人心，而诗是语言的最高形式，所以说诗教。

作为汉语诗人，他一生必经常遭遇巫与史的斗争。巫引领他重返黑暗的荒野、自由、创造、召唤、通灵。史敦促他意识到知识、传统、风俗、秩序和规范。

时代通过怪力乱神、标新立异保持活力。但历史只留下"为天地立心"的部分。

这是一个反自然的机智统治一切的时代，存在之诗隐匿。

当我说创造的时候,我的意思是,在此时代普遍的反自然的状态中,诗人已经无法自然地写作了,他只有以不自然的方式回到自然。所以,拒绝隐喻是一种回到隐喻的方法。

庄子说,至人无己。由于我们的文明是如此根本,而且在如此大的范围内浸淫陶冶于理性之中,以致文明中的个人已经葬送了对自己决断权的信心。人们在做价值判断时也想追求客观的确定性和保险性。由于人们在科技化的世界中已经养成这种习惯,乘电车的人根本无须知道电车是如何工作的,他完全可以放心,一切都经过周密的"计算"了。但如果人们是和人生世界打交道,其中需要"计算"的重要内容无穷之多,所以人们习惯认为,尽管自己对它没有准确的把握,可是别人已经准确把握了——否则的话,人们就不可能生产出如此惊人的东西——于是,人们就在原本不可能提供的这种确切性和保险性的地方,要求这种确切性和保险。人们不是自己去把握其中的自由,而是在这里也启用科学的客观性。于是世界就出现这种情况:为了获取信任,各种理论纷纷用科学来装饰自己。韦伯称它们为"书斋先知"的事业。理性化使世界失去魔力,它剩下的魔术师就是个性和他的自由,面对世界的无神秘性,这些"书斋先知"的反映是对个性和他的自由的错误的理性化。"他们不想在理性与个性的张力之中坚持下去,而是从生活体验中变出一个可信赖的世界意义,就像人们乘电车时那样。"(吕迪格尔·萨弗兰斯基《海德格尔传》)

这个时代企图通过理性知识、技术科学量化一切,而诗是最古老、顽固的唯一无法量化的非理性领域,因为巫性一直保持在诗歌创造的秘方中,这使得诗歌得以幸存。因为人是有心的,心需要一个家,存在需要有一个可以安心的说法。《论语》:"子适卫,冉有仆。子曰:'庶矣哉!'冉有曰'既庶矣,又何加焉?'曰:'富之'。曰:'既富矣,又何加焉?'曰:'教之'。"为什么要"教之"?因为存在的问题最终是'自由的问题',人不仅仅是任何存在中一个肉体性的动物性的"实存"(ontisch),而是"懂存在的"(ontologisch,海德格尔的术语,指那种好奇的、惊诧的、恐惧的思想活动,对于有我,和居然有某某内容存在的思考)。海德格尔说到思考,他还没有说到心,心不需要思考,心是人与生俱来的,心只是需要召唤,而诗是唯一可以召唤心灵的东西。

无心之人的世界正在到来,人们正在技术和物质中回到非人的时代。人类正在从文、从语言中向言退去,不同的是，这个言的基础不是古代可怕的荒野。而是物与技术的灿烂荒野，在这个荒野上，人无所畏惧，因此也不会有心。我对诗的前途并不乐观。

如果诗歌技术化了，成为修辞游戏，成为理性和知识的一部分，它存在的依据也就丧失了。因此所谓"诗教"，在这个技术和物统治一切的时代，意味着诗人必须承担巫师的职责。

美国以阿什伯里为代表的纽约派的诗歌值得警惕，我认为那正是无心之人的写作。诗已经完全抛弃了他者，更谈不上为天地立心了。

许多人呼吁确立诗歌的标准，标准各式各样，一个刊物有一个刊物的标准，一个诗歌圈子有一个诗歌圈子的标准，每个人也有自己的诗歌标准，但好诗只有一种。这是一个玄学问题，用科学主义是无法回答的。标准就是一个科学主义的腐烂名词。在今天，就是现代物理学也对这个可疑的名词嗤之以鼻了，自然是"测不准"的，道发自然的诗歌更是深不可测了。某种诗歌标准完全可以确立，像考试分数一样。过去就曾经确立过，通过形状手段。例如掌握着出版发表的权力；例如教授先生具有讲授"经典"的权力、写文学史的权力；例如资金，完全可以把狗屎作为标准确立起来。诗歌的危险是，标准很容易为掌握着话语权的人们玩弄于股掌之间。现在某些刊物越来越圈子化了,编辑先生把发表作品视为权力和恩赐,刊物成为编辑兼 X 的那一伙沽名钓誉的人的现成工具,精神腐败日益弃暗投明。掌握话语权的人们根据小圈子的标准去遮蔽好诗,而好诗在被普遍感知到上无能为力,因为论诗如论禅,它几乎完全属于玄学,无法标准化,并与时间有关。诗是不怕时代的,但时代的狭隘、暂时的趣味并借助权力来确立,确实是好诗的天敌。

网络时代的到来,为诗歌的自由发表提供了一个巨大的平台,天才诗人被遮蔽的可能性又降低了许多。但如果"平台"已经不只意味发表的自由,而且成为诗歌存在的唯一方式,只要发表,贴上去,"怎么都行",怎么写都是诗的时候,另一种更可怕的遮蔽也悄然来临了。平台是好诗的解放也是其末日,因为平台的意思是一切出现在上面的都是好的。平台同时也是平庸之作的赫然藏身之所,平台将诗歌良莠不分地剃成一个平头,如果平庸之作再与权力挂钩,对好诗的遮蔽是非常可怕的。

一个巨大的自由发表平台足以淹没一切好诗,完全消解诗歌的好坏区别。百花齐放,只是一个生态环境,而不是诗歌的品质。在诗歌品质上，我是一个古典主义者，我反对"怎么都行"，反对"道在屎溺"。诗歌生态是一个平台，但诗歌品质就像自然那样，是大地，也是高峰、群山、平原和沼泽地。

在这个一切都平台化的时代，民主蛊惑人心。但我以为诗歌是贵族气质的艺术，为天地立心是天才、王者、巫师的事业，而不是"怎么都行的"大众化民主运动。于是我们时代比过去任何时候都要求诗歌编辑以及其他拥有权力传播诗歌的人们的良知——因为他们占据着一个平台以外的传统高地，这是一个事实，并非迷信。别假装着不知道你们担负着诗歌传播和守护的重任，读者把诗歌刊物视为诗歌水准而不是平台上的化装舞会——必须具有良知、清洁的精神，必须尊重经验，保持着感觉和激情，在平台的狂欢之外保持着冷静。你们并非权威，但你们至少要向读者继续这样的经验，他们没有时间去浏览那个辽阔的平台、跋涉沼泽，他们只能信任有限的高地。高地比平台更危险的是，如果它一旦堕落，它的海拔会低于海平面，比沼泽地更黑暗。

诗是我们时代最后的自由领域，尤其在中国，1966年的革命之后，儒教的传统完全被毁灭，这个国家成为没有任何信仰的、彻底唯物的世界。诗歌不是信仰，但它可以激活我们对自由和信仰的记忆、激情。它可以为我们这个意义缺席的时代给出存在的意义，召唤隐匿的诸神。

诗歌是语言如何说的历史，而不是说什么的历史。"什么"，其实自人类出现以后，再没有进步过，将来也不大可能进步多少，因为"什么"的进步在 20 世纪的种种实验中已经一再被证明是灾难性的。人类关于"什么"的在权力驱使下的探索、革命，一旦消停，人类就重返故道。诗歌上的石破天惊总是在如何说上，它令已经趋于沉闷的"什么"再次活过来，成为我们时代的最通顺的感受。"如何说"实际上总是"石破天惊"地重返"说什么"的历史，就像大海，总是崭新的波浪，总是陈旧的大陆。我的意思是，所谓好的诗歌，是那种在人类的阅读历史中，能够以原创的言说方式、鲜明的个人风格感应心灵、激活感觉和普遍经验的诗歌，所谓"具体的普遍性"，它与过去诗歌传统之间的关系是活力复活的通顺，而不是标新立异的断裂。

没有比诗歌写作更困难的事了，每个诗人都知道，他不是在白纸上写作，他是在语言的历史中写作，你写每一行，都有已经写下的几千行在睥睨着你呢。诗人永远不可能从第一行写起，他总是从过去已经开始的第某行继续写下去。因此你的写作总是与过去的写作有一个上下文的关系、通顺的关系。在我看来,那些通顺的诗歌,必然是可以继续下去延续时间的诗歌。

诗如何在,我只可以像一个巫师那样说话。

2006 年 12 月 11 日星期一改定

2007 年 1 月 19 日再改

这是一封信

中国古代诗歌是一种信。比如许多诗歌的题目经常是有寄、寄某某等。这个信不只是信件的信,更是口信的信、信任的信。信起初是一个动词。信而任之,诗是一种信物,因此是可以用来"有赠"的。我很少在西方诗歌里发现过这样的情况,就是有类似的,一般也是"献给X"。献与信完全不同,献是一种隔离、死亡,把诗作为牺牲、祭物、东西,而信是一种联系,去与信任者融为一体。信而放任之、依赖之,通过诗把人们联系起来,这是最高的信。这种信是将彼此的存在联系起来。

言而有信,是人们对语言的基本要求。在这种要求中,人们把握到的是存在本身。中国人通过语言来建立牢固的联系,这种信任相当于信仰,西方不是通过语言,而是通过宗教来建立信仰。语言只是抵达上帝的工具。

在汉语中,语言就是信之所在,孔子说:"不学诗,无以言。"诗歌是最高的信,因为它是存在之信的典范,形而上之信。信仰,信而仰之,这就是诗。

如果汉字是巫师卜卦招魂的符号,言有尽意无穷,诗则是信仰。

虚构就是言而无信、言不由衷。在西方诗歌中,虚构是正常的,因为语言并不是存在之家(回到语言这个家的觉醒,是海德格尔以后的事情),而是对世界的解释,而解释其实就是自圆其说。西方诗歌基本上是思想(解释)的结果,而不是对存在信赖。存在之信印证于心,而不是真理、主义、思想、意识形态……思想到的诗与心无关,在那里,语言只是真理、思想、主义、情感、意识的阐释工具。

西方语言从开始就建立在虚构之上,拼音是对存在的解释和思想,而汉字是对存在的信,这种信在诗歌中达到最高典范。

把一首诗送给某人,是最高的信任。就是不送给某人,诗也是一种信,存在之信。

诗乃存在之信。

汉字是从信开始的,汉字就是最初的信。人们看见世界,画下来,人们不问为什么,而是信之,随遇而安。

信这个字由人和言组合而成。说文解字说:"信者,诚也。诚者,信也。"可以理解为人之言成,就是信。另外的写法还有,单人旁加个口字,言字旁加个心字。

说文解字说:"言,直言曰言,论难曰语。"直言就是直接说出来,"无所指引借譬"。"言,心之声也。"心之声直接记录下来就是字。字就是信。(心得:口语是最初的诗,心之诗。指引借譬的诗,是语之诗、思之诗。前者是信,后者则是论,思辨,分析,有怀疑的成分了。)

《圣经·创世纪》的第一段就说:"起初,神创造大地。地空虚混沌,渊面黑暗;神的灵运行在水面上。神说,要有光,就有了光。神看见光是好的,就把光暗分开了。"光为什么就是好,暗为什么就是不好,这是对存在的怀疑,是不信。暗从此成为需要改造、解放、消灭的部分,这把西方引向了追求明,追求清楚、确定性、分析,世界分成有价值的和无价值的等等。

中国不同，太极图是阴阳合一的。

李白的诗《沙丘城下寄杜甫》：

> 我来竟何事？高卧沙丘城。
> 城边有古树，日夕连秋声。
> 鲁酒不可醉，齐歌空复情。
> 思君若汶水，浩荡寄南征。

杜甫的《春日忆李白》：

> 白也诗无敌，飘然思不群。
> 清新庾开府，俊逸鲍参军。
> 渭北春天树，江东日暮云。
> 何时一樽酒，重与细论文。

"思君若汶水，浩荡寄南征。""渭北春天树，江东日暮云。"这是怎样的信啊！这种信以自然为象征。对朋友的信就是对大地的信。这种信是永恒的。

杜甫的《饮中八仙歌》：

知章骑马似乘船，眼花落井水底眠。

汝阳三斗始朝天，道逢曲车口流涎，恨不移封向酒泉。

左相日兴费万钱，饮如长鲸吸百川，衔杯乐圣称避贤。

宗之潇洒美少年，举觞白眼望青天，皎如玉树临风前。

苏晋长斋绣佛前，醉中往往爱逃禅。

李白一斗诗百篇，长安市上酒家眠，天子呼来不上船，自称臣是酒中仙。

张旭三杯草圣传，脱帽露顶王公前，挥毫落纸如云烟。

焦遂五斗方卓然，高谈雄辩惊四筵。

这是一首关于古代日常生活的诗，其中充满着对生活的巨大信任。

唐朝是一封伟大的信，对人生、自然、朋友、生命、永恒的信。在唐朝诗歌中，他人不是地狱，诗人乐于"吾丧我"，道发自然就是信，信就是去加入宇宙、自然、大地、人生，信仰之。

信就是去存在。

从个人的文出发，最终成为无我的自然。"吾丧我"就是去死亡而加入永恒。

杜甫说："千秋万岁名，寂寞身后事。""千秋万岁名"，就是匿名于永恒，就是"吾丧我"。

当萨特说"他人就是地狱"的时候，西方怀疑主义已经走到极致。孤独、虚无、活在死亡中。西方诗歌拒绝他者，对大地和人生的不信任，使它从来没有抵达存在之诗，从来没有成为信。对自我的迷恋与对他者的怀疑把西方分裂成无数孤独的反自然的碎片。

怀疑主义在18世纪潜入中国。或者更早，在宋以后，信已经逐渐弱化为对语词的迷信。言的隐匿，语逐渐猖獗。存在缺席，宋明理学开始思辨的时代，为西方式的怀疑主义潜入留下了伏笔。以书法为例，苏东坡为什么说唐以后没有书法，因为宋以后，汉字的书写不再只是信，而是书法艺术。

我把苏东坡视为古代中国的最后一封信，他是一个但丁那样的人物。

信就是交心，古人说，文章为天地立心，交心才可以立心。

心，说文解字说："土藏，在身之中。"土，就是大地，人的身体就是人的大地。藏在大地中使生命活起来的那种东西，就是心。后来心又被解释为"火藏"，"五行火空则明，举五藏之运用。"金木火水土，有心则明，无心则暗。心就是明，就是照亮。

心就是一个人的命，一个人的底，老底，把老底交出去，那才是肝胆相照的诗。

诗就是信，写诗，就是去信任。

失信，就是存在缺席。

信是存在的证据。海德格尔说，语言是存在的家。也可以说，存在是诗的家，诗就是信，就是回家。存在就是信任，信就是去存在。

过去中国文盲比较普遍，文字就是信，人们请有文化的人写信，那是信任，识字那就是可信。素不相识的人委托识字的人帮他写信，把自己的心事、隐私、老底全告诉他，形成文字，成为证据，这是多么了不得的信，什么是敬惜字纸？那个代笔写字的人就是上帝。

我童年时代在昆明经常看见那些为人代笔的写字公公，那是信还存在的时代。到1966年，所有的信都成为证据、老底、把柄。

信是存在的证据，如果以某个时代的真理、主义、是非来判断,它就是罪证。

遑论诗歌,现代诗人连信都很少写了,手迹越来越少,大家都害怕留下证据。

1957年报纸将胡风的私人信件登在第一版上,是中国历史的里程碑之一,那是中国之信被送上绞架的时刻。

人们再也不敢写,因为写作是一种信。虚构开始盛行,虚构不是信,与存在无关。50年代以来诗歌的缺席,虚构的颂歌盛行,就是因为信已经死亡。人们由于恐惧而迷信,又由于恐惧而怀疑一切。

信的缺席是怀疑的开始。从对他人的怀疑开始,最终抵达对存在的怀疑。20世纪,中国人不再信任自然,不再道发自然。

反自然的时代开始了。反自然就是不信任自然。

反自然有一个西方文明建构起来的世界基础,通过商业、技术、物质生活输入着对存在的普遍怀疑。

我们已经丧失了信。他人就是地狱。更可怕的是,我们开始迷信无信者。人们在不自然的地方寻求自然,在意识形态和各种观念、知识中寻求确定性。我们把汽车、电梯、飞机、考试答案都视为可以信赖的事物。而它们根本是不确定的、不可信赖的,此一时彼一时的。

貌似确定的事物比自然的不确定有着更危险的不确定性。因为人们在对确定性的幻觉中所设计的世界，其不确定性是反自然的，它比存在的不确定性、不可知更危险。

信的方向转移了，人们不相信自然，而迷信反自然的事物。反自然的事物在散布确定性的虚幻，人们今天相信世界的一切都是可知的，可以确定、测量并保证的，世界的不确定、不可知被物和意识形态遮蔽起来。

诗是最后的信了。诗依然道法自然，诗歌的最高标准依然迷信天才。天才是技术无法制造的，技术可以克隆普通的人，但无法克隆天才。天才就是不可知。诗人坚持着对不可知的信任。诗歌依然迷信自然、迷信言。但语的势力太强大，反自然的技术化的写作正在全面地统治语言。在西方，存在之诗只是在20世纪才由少数天才获得话语权，但它迅速被学院诗夺回。存在之诗从来没有领导过生活，只局限于少数天才读者。中国自古以来，存在之诗就是一种诗教。就是生活世界的领导，"有水井处，皆咏柳永词。"就是诗歌领导着生活。诗就是信仰，就是对大地、生命、人生的信仰。

信仰已经缺席。当代诗歌基本上是不信的。存在之诗，信仰蜕化为真理、思想、主义、意识形态的工具。

语不是存在，是思的工具。

诗歌不再是信。而是解释、辩护、自恋狂们虚构的自圆其说。

诗不是信，而是发表。发表不是信。去信任，与发表是完全不同的。

发者，发射。繁体字是从弓。表，标准，发布去符合一个标准。揭发，显示。

信不是为了发表。信是去存在着，发是对存在的揭发、显示，存在是发表的对象。

在当代诗歌中，信隐匿，发表成为写作的目的。

信是让接受者获得存在。"思君若汶水，浩荡寄南征。"这是将朋友之情谊寄予永恒。

信是寄，寄就是託（托），托付。注意"託"是言字旁，把我的言托付给你。论语中用到寄这个字的时候，是非常重的。《论语·泰伯》："可以托六尺之孤，可以寄百里之命。"

信是里面的，心底的。表是外，无心的。

表，表白、陈述、分类，它暗藏着自我辩解，解释的意思。发表就是不信，因此必须隐匿老底，公布于众。

发表导致诗必须是可以发表的东西。发表的载体可以不同，例如公开刊物、地下刊物，但可以发表，以某个表记为写作的表率已经开始了。这种写作不是把一切都豁出去的信,而是语言的功利游戏。所谓:"论难曰语。"

"献给X"不是心,是语词游戏。

"有寄",寄的是心。

在我们这个时代,真正的诗依然是信,信就是不怕诗成为证据、把柄。李白、杜甫的诗歌中充满着把柄,在1966年被郭沫若抓获,成为地主阶级诗人的证据。

不是反对发表。这种现代形式诗人无法避免,我的意思是为发表而写作与信有本质的区别。在古代,诗歌的传播不是发表,而是信(动词)的方式。信既是写作本身,也是它发表的方式。在古代,信是自然而然的,在信已经丧失的当代,诗人的使命是,回到信,而不要顾及发表的后果。

在以发表为目的的写作中。"此在"已经缺席。这种写作完全没有任何把柄,在这方面海子的诗歌可以说是一个典范。这种写作完全建立在虚构之上,看不出在场者的任何蛛丝马迹。超越性的虚构,任何时代都抓不到这种诗歌的把柄,因为它完全不信任存在。

信任一个具体的细节、名字、时间都是危险的。它得接受释义的考验。而每一个时代对细节的解释是不一样的。

T. S. 艾略特赞扬叶芝说:"在诗中说出自己的年龄是有意义的。将近用了半辈子时间才达到词语的随意性。"这个随意性,其实就是诗歌回到了信。

在20世纪80年代,《他们》诗人的写作重建了汉语诗歌对日常生活的信任,在古代,这种信任是天然的,但在我们这个时代的诗人这里,这却是一种非凡的勇气。

1985年6月,在昆明青年路一间从别人那里借来的小屋中,我写下《尚义街六号》,描述了我青年时代的生活和我的朋友们。

尚义街六号

尚义街六号
法国式的黄房子
老吴的裤子晾在二楼
喊一声胯下就钻出戴眼镜的脑袋
隔壁的大厕所
天天清早排着长队
我们往往在黄昏光临
打开烟盒

打开嘴巴

打开灯

墙上钉着于坚的画

许多人不以为然

他们只认识凡·高

老卡的衬衣　揉成一团抹布

我们用它拭手上的果汁

他在翻一本黄书

后来他恋爱了

常常双双来临

在这里吵架

在这里调情

有一天他们宣告分手

朋友们一阵轻松　很高兴

次日他又送来结婚的请柬

大家也衣冠楚楚　前去赴宴

桌上总是摊开朱小羊的手稿

那些字乱七八糟

这个杂种警察一样盯牢我们

面对那双红丝丝的眼睛

我们只好说得朦胧

像一首时髦的诗

李勃的拖鞋压着费嘉的皮鞋

他已经成名了　有一本蓝皮会员证

他常常躺在上边

告诉我们应当怎样穿鞋子

怎样小便　怎样洗短裤

怎样炒白菜　怎样睡觉　等等

八二年他从北京回来

外衣比过去深沉

他讲文坛内幕

口气像作协主席

茶水是老吴的　电表是老吴的

地板是老吴的　邻居是老吴的

媳妇是老吴的　胃舒平是老吴的

口痰烟头空气朋友　是老吴的

老吴的笔躲在抽桌里

很少露面

没有妓女的城市

童男子们老练地谈着女人

偶尔有裙子们进来

大家就扣好纽子

那年纪我们都渴望钻进一条裙子

又不肯弯下腰去

于坚还没有成名

每回都被教训

在一张旧报纸上

他写下许多意味深长的笔名

有一人大家都很怕他

他在某某处工作

"他来是有用心的,

我们什么也不要讲!"

有些日子天气不好

生活中经常倒霉

我们就攻击费嘉的近作

称朱小羊为大师

后来这只羊摸摸钱包

支支吾吾　闪烁其词

八张嘴马上笑嘻嘻地站起

那是智慧的年代

许多谈话如果录音

可以出一本名著

那是热闹的年代

许多脸都在这里出现
今天你去城里问问
他们都大名鼎鼎
外面下着小雨
我们来到街上
空荡荡的公共厕所
他第一回独自使用
一些人结婚了
一些人成名了
一些人要到西部
老吴也要去西部
大家骂他硬充汉子
心中惶惶不安
吴文光　你走了
今晚我去哪里混饭
恩恩怨怨　吵吵嚷嚷
大家终于走散
剩下一片空地板
像一张空唱片　再也不响
在别的地方
我们常常提到尚义街六号

说是很多年后的一天

孩子们要来参观

这是一封信。

2006 年 12 月 9 日星期六

还乡的可能性：从诗的蓝调开始

2010年1月16日，我在昆明文林街的夏沫莲花酒吧推出了我写诗近四十年来的第一个个人作品展。这次活动叫"念于坚的诗"，是麦田书店的老板马力促成的。马力决定自费再版我的诗歌小册子《便条集》，这本书是云南人民出版社2001年9月出版的，当时印了五千册，市面已经见不到，马力的书店一直在卖这本书，他知道这本书好卖，所以他与出版社联系再版。本来这是出版社的事情，这本书如果再版，出版社就可以赚钱，但是他们不做，中国许多好卖但不畅销的书都是这种命运，局外人想不通这种咄咄怪事。出版社不想赚这个小钱，太麻烦了。此书原来的编辑早已另谋高就，谁会做了一本书，然后终身守着等它再版的时候到来，在今天的中国，那不是傻子吗。出版社是国家的，不属于具体的任何人，谁也不会自己给自己找麻烦。现在的中国出版社，不是看书的质量，而是看它是否可以赚大钱，如果不能赚钱或赚小钱，就是卡夫卡的书也不能出版。何况多年只在赚钱一途上经营，出版社也基本丧失了辨别好书的能力。像卡夫卡的朋友马克斯·勃罗德那样的人物，在中国出版界恐怕基本上已经绝迹了。历史给马力一个机会，由民营的书店再版正版书，在中国这是第一次。

马力与出版社多次周旋，深感官僚机构办事之难，这个批，那个批，本来有书号的书，倒成了求爷爷告奶奶，几乎半途而废。但绝不能废，这是马力自己的事情，给出版社交了一万元，相当于再买个书号，（在公元2009年，买个书号要1万五千元人民币。）终于批准再版。马力请朋友为《便条集》重新设计了封面，印了3000册，诗原封不动。照片，原来的版找不到了，出版社没人管这些事情。只好换一批图片。书印出来了，封面很好看，里面的照片印得一塌糊涂，只有算了。好在没把我的诗也印得一塌糊涂。2010年的1月16日，麦田书店在夏沫莲花酒吧为这本书举行首发式,就有了我的这个念诗会。

夏沫莲花酒吧刚刚开张不久,位于文林街东端坡头,毗邻云南大学。文林街是昆明的光辉街道之一,20世纪四十年代的某些日子,诗人冯至、穆旦曾经带着一群诗人在这条街上走过。冬天昆明是个光辉之城。每个白昼,天空深蓝,阳光灿烂,一条条东西向的街道辉煌如纯金铺就,尤其在日落时分。夜晚,就是全城停电,地面也洒满银子般的月光。夏沫莲花酒吧的老板是位热爱文学的女士,她乐意为这个活动提供场地、酒水。我去她的酒吧勘察地形,提出意见,希望能够把场地改造得适合念诗,她一一照办,将酒吧改造了几处,移动了电子屏幕,还搭了一个小舞台,观众将环绕着这个台。酒吧里还有跃层,我想象通往跃层的楼梯坐满了听众,就像波德莱尔兰波们曾经活动过的场面,很是满意。我把场地的选择,视为诗歌写作的一部分。我越来越意识到,诗得有个活起来的有声有色的场,只是文字的场是不够的。

我决定这次念诗,要好好地、创造性地念,而不是像以往,每次朗诵都是被动的。我要主宰这次活动,这将是我写诗近四十年来第一次粉墨登场,我不仅是文本的作者，也是念诵活动的作者。我强调这是念诗而不是朗诵。念这个字，《说文解字》说，就是常思。念由今和心组成，意思也可以说是心在当下。我希望诗的念诵是心到场的思。而不是现在流行的朗诵。朗诵和念截然不同，朗诵是声音表演，念诗是思的唤起、保持。关于朗诵，我有多篇文章批判，这里略过不提。我重视这场念诗活动的另一个重要原因，是想试验一种新诗的可能性。在今天，刊物是诗发布的主要地方。古代没有诗歌刊物，诗歌除了手抄、印在纸上传播，它还通过格律化来发表。格律化也是一种发表的方式，它使诗更易于记忆传诵，不必付印也可以口口相传。古代印刷条件有限，格律化使诗能够一传十十传百，最后是"有水井处皆咏"。新诗，很难像古代诗歌那样一传十十传百，新诗不是在可传诵上下功夫。三十年代，闻一多等人担忧新诗不易传诵，闻一多试验豆腐干，冯至试验十四行，都想找到一种可以像古代诗歌那样传诵的形式，但不成功。格律已经臻于完美，无法超越。而我以为，白话诗的意义不在这个方向，新诗的本质就是自由，怎么分行都行，新诗的魅力之一就在于非格律化，韵律的解放，语感的个性化，句式的自由无限。这涉及我对诗起源的理解，我不同意诗起源于劳动、起源于游戏的说法，我认为诗起源于古代部落与神灵（无）的对话、祈求、召唤。招魂是一种语言的解放，祭师是自由的，他们感觉怎样的说法、怎样的念念有词可以招魂，就怎样说。

将诗发表在刊物上固然是传播诗的一途，但诗内在空间不只是阅读。发表在刊物上，损失了诗在吟诵过程中与读者听众之间彼此交融的互动关系。20世纪三四十年代，受苏俄马雅可夫斯基们的影响，朗诵诗兴起。朗诵确实有招魂的味道，但朗诵是把诗作为工具，重视的是意识形态的宣传鼓动，朗诵面对的是广场、大礼堂，适合简单的、口号化的分行句子。那些不是面向广场、更为复杂深邃的室内风格的诗朗诵起来，往往被严重歪曲，效果不好。汉语大量的同音字使听者听不明白，也没有时间深思。朗诵追求的是"暴风雨般的掌声"。朗诵将汉语割裂，只剩下声音，像拼音文字一样，取消了拼音文字里面没有的东西——汉字。而且为了当场见效，许多诗写得浅显易懂，以赢得"暴风雨般的掌声"为标准。

古代没有朗诵诗，朗诵是20世纪的产物。朗，《说文解字》解释，明也。明，明白、清楚、阐明。诗还不明，通过朗诵对诗照亮、阐明、解释，朗诵者是一个上帝那样的角色。古代诗歌是吟诵，诗坛叫作吟坛，诗社叫吟社。《诗·周南·关雎序》："吟咏性情，以风其上。"孔颖达疏："动声曰吟，长言曰咏。"吟就是动声，并不是朗。吟是正在写诗的意思，"依树而吟"（《庄子·德充符》）吟就是写诗这个动作。诵，《说文解字》说，诵，讽也。徐锴曰："临文为诵。"另一说法是："背文曰讽，以声节之曰诵。"《周礼·大司乐》以声节之，易于背诵，才可传诵。白话诗的方向不在于背诵，在声音上，它恰恰是律的解放。古代诗擅长唤起感受性的经验，现代诗则长于唤起思的经验。诗于沉思，只是指出上路的路标，并不在于背诵。也许读过即忘，但影响了读者对世界和人生的立场、成见、心境。现代诗长于思，这里面有20世纪西方文化的影响。节奏明快的诗适合宣传鼓动，广场是最佳的载体，但诗还有大量的室内乐。而新诗的趋势也是从古典诗歌的寄情山水走向室内的沉思。古典诗歌的场是在山水楼台亭阁之间，重在吟咏性情、抒发感受。现代诗的场则从乡村向城市转移，重在人事、沉思。古典诗歌，大块假我以文章；现代诗的文章在人性、人事上做。现代诗是一种陈述。陈，陈列。述，"诉，告也。""告，牛触人。角着横木，所以告人也。（见《说文》）告，语也。"（《玉篇》）告，就是把话说给别人听，告诉。陈诉是一种思的过程，只有节奏缓慢的句子能够深刻地陈述。新诗的散文化不是它忽视韵律,而是思决定的,深思的诗无法格律化。更深一层,在声音上,汉语本身就是音乐性的语言,四声可以视为更宽阔的律,现代诗是回到汉语这个基本的律。

我很喜欢蓝调,多年来一直在听。蓝调,我最喜欢的就是它的即兴,不必跟着某根指挥棒朝一个方向走,乐曲可以向任何一个方向流动,即兴的原创无所不在,怎么都行。忧郁、慰藉并不是方向性的主题,而是气质。在某种程度上,新诗与格律诗的关系,就像古典音乐和布鲁斯的关系,前者是调性音乐,环绕着某个主题,调子最重要的是主音,从主音、主和弦开始,结束时又回到主音、主和弦,"快—慢—快",使音乐具有强烈的方向感。到了20世纪,调性音乐令音乐天才窒息,就像格律,一千年过去,已经成为诗的束缚,无法表达后来自由诗表达出来的那些方面,"陈述",我以为在格律束缚下是无法实现的。20世纪,西方音乐出现了勋伯格,他玩无调性,音与音之间、和弦与和弦之间没有调性中心,没有功能联系,失去了方向,每个片段、细节都是方向。存在先于本质,于是本质不再只是一个,而是无数的非本质。但是勋伯格们的无调性是音乐观念的革命性结果,它并不自然不是气质性的。20世纪20年代，布鲁斯（蓝调）由美国黑人乐手兴起，蓝调是即兴的，"extemporaneous; aleatric; aleatory"（即兴）意思是，事先毫无准备，仅就当时的感受创作、表演或演讲。蓝调有一种天生的、身体性的忧郁感，也许来自对美国大陆的身体性的永不适应导致的精神性忧郁。新诗也是忧郁的，古典诗歌是赞美，大块假我以文章。新诗是批判，是对失去的大块和经验世界的沉思。中国古诗和新诗都是感受性的祭祀，都有即兴性，古诗的即兴为格律束缚，李白才是伟大的即兴诗人，他妙不可言的地方就是在律与即兴之间游刃。新诗多了深思，这与白话有关，汉语只有在白话这里，才能开启现代性的思。林琴南的翻译为什么不成功，因为文言文不适合翻译西方文化中的思，只有在白话中，我们才可以迎接苏格拉底、荷尔德林、康德、尼采、海德格尔、拉金、弗罗斯特……的到来。新诗天然有忧郁的沉思气质，这种气质在过去一个世纪被革命的疾风暴雨遮蔽着，只是在今天，当新诗慢下来，这种语言上的忧郁气质才逐步显露。蓝调不是像古典音乐那样在一个指挥棒下一起合唱。歌手、乐器之间彼此独立又和谐，用加法，随时可以加进新的音乐元素，乐谱是在现场即兴完成的。每次演奏都不同。虽然有主唱，但是其他乐器演奏者也可以游离和弦随意发挥。这有点像格律诗和白话诗的关系。格律诗如果是古典音乐,被平仄韵脚管着,不可越雷池一步的话,那么,新诗的形式就是即兴的,不可重复的,无形式而形式时刻被创造着。最重要的是,布鲁斯的风格是天然的,它不是对某种音乐模式的反动,布鲁斯玩的是加法,如果需要,它完全可以即兴加入古典音乐的某一节。新诗的即兴性也是天然的,因为它的基础是白话。诗人是语言的上帝,但这个上帝不是一个,而是无数,每个诗人都可以创造它个人的语言王国,条条大道通罗马,大道三百,"一言以蔽之,诗无邪。"三百是即兴的,但要无邪,无邪,并不是道德约束,而是文章为天地立心,宇宙大千之间,只有人有心;人之初,性本善。人者,仁也。所以诗止于至善,诗就是善。

20世纪以来,新诗的方向基本是朝着广场、大礼堂。诗人也渴求着广场式的轰动效应,很少有人为水井而写。新诗骨子里有一种高高在上的"比你较为神圣"的说教性、宣传性,意识形态无论左右都是说教,性解放是说教,自我是说教。新诗的朗诵总是在广场、大礼堂、集会这些场合。朗诵诗向往的是"火热中""暴风雨般的掌声"。创造社是如此、艾青们是如此、朦胧诗是如此、第三代在某些部分是如此、下半身很大程度上也是一种广场朗诵诗，无非举着下半身的标语口号。我说的不是形式，而是许多诗人写作的出发点，朗诵诗不只是诗的朗诵，而是一种朗诵式的写作，缺乏私人语感、普通话的字正腔圆是作品的基调。这在21世纪网络出现后更明显，网络其实是一个广场，许多诗人为这个广场上想象中的"暴风雨般的掌声"写作。朝向广场、大礼堂无可厚非，朗诵诗也有杰作。新诗起家于革命，但革命不是诗的方向，只是过程。诗的方向是"语言是存在之家"。时代过去，广场一哄而散，废纸满地，这是新诗今天被冷落的原因之一。

去年在成都，杨黎等人在"芳龄旧事"酒吧搞诗歌朗诵活动，我在现场，气氛相当好。女诗人们戴着面具出场，还请来一位彝族巫师唱了一段，给我留下了深刻印象。那个夜晚现场弥漫着巫气。四川与云南，是中国原始巫气最重的地方。李白出生在这里，而杜甫后半生在此淹留，不是偶然的。但是，许多咖啡馆、酒吧里的诗歌活动，诗常常被社交活动湮没，咖啡馆、酒吧与诗的关系并没有被意识到。我以为，咖啡馆、酒吧在当代中国的兴起，为新诗提供了一个可以筑坛的场合。就像古典诗歌在水井、乡场、茶楼、酒肆传播，我发现，咖啡馆、酒吧是现代诗歌的最佳在场，它可以在空间上将新诗被遮蔽着的场释放出来。酒吧里可以悬挂电子屏幕，汉字就不会损失，音响使声音得到保证，纸刊使诗的脚本得以长久保存，诗人可以和乐队合作，诗人像布鲁斯的歌手那样成为念诗仪式中的主角，而每首诗都可以创造一次性的演绎方式，杰出的脚本将越传越广。而小众化的听众正像古代部落，他们是诗歌图腾的坚定信仰者。纸刊只呈现了诗的语言这个部分，酒吧、咖啡馆则可以呈现诗的仪式这个部分。一首诗是一个场，每首诗都指向一个仪式。诗的场不只是历史性的语言之场，也是一个随时可以复活的空间性的场。

私人阅读遮蔽着诗的非历史的一面，私人阅读把诗缩小为仅仅是某种躺在棺材里面等着盖棺论定的东西，而诗是手舞足蹈的神灵。语言是历史的场，在私人阅读中它只是单向度的复活，而仪式则是诗的历史与非历史的全方位的复活。在仪式中，语言、声音、行为、作者、读者集体复活，成为一个祭坛上的由诗唤起的仪式。而更重要的是，我以为现代诗的空间是在城市中、在室内。与乡土中国诗歌的场不同，具有全球基础的咖啡馆、酒吧正在取代茶馆、酒肆、水井，成为城市民间现代文化的重要在场。

更重要的是，与乡村比较，城市更是一个野蛮血腥原始的地区，它更需要招魂，需要建立根基，需要神性的引领。

我以为，今天，新诗应当退出广场、礼堂，回到部落。部落才是诗的原始营地。只有在部落中诗才得到最真诚的倾听和领会。诗是从古代部落的祭祀活动开始的，它面对的不是广场，不是大礼堂，而是部落。子曰，诗可群。祭祀活动是群的开始，而不是结束。部落的聚集是身体性的，是存在的需要、生命的需要、群的需要，部落是一个大家庭。广场的聚集则是人群被某种观念的被动召集，群是一个已经集合的对象，它不是主动的，而是被动的、被灌输的对象，一支队伍。观念一旦陈旧，时代广场上的队伍就一哄而散。

我以为，诗起源于古代部落先知与神灵的对话、告白、招魂，诗是招魂的文字记录。在古代，招魂的现场是一个祭坛，诗的到场是行为性的，"依树而吟"。我曾经目睹云南那些古老民族的祭祀活动，部落的巫师就是诗人，每次祭祀活动总是从钻木取火开始，念念有词，"言之不足，歌之咏之；歌咏之不足，舞之蹈之。"我多次亲眼见过这种场面。我可以再加一句，"言之不足，歌之咏之；歌咏之不足，舞之蹈之"——不足，以文字记录之。文章为天地立心，就是这么来的。文字使诗从荒野进入室内。文字出现后,诗成为灵魂的文字脚本,脚本如果不演就是半死的。有无相生,知白守黑。心、灵魂是无,是不可见的黑;文字记录的诗是有、是白。只有文本,没有招魂的行为、仪式,诗就只是脚本。一首诗是一个场,场不仅是文本性的,也是身体性、行为性的。现代诗的印刷式的传播取消了吟诵这个仪式。诗应当从印刷品里面爬起来,回到祭坛上去。如果文字出现之后,诗的方向是:"言之不足,歌之咏之;歌咏之不足,舞之蹈之。"——不足,以文字记录之。那么,诗的传播则是相反的道路,从文本回到祭坛,回到舞之蹈之、歌之咏之、言之,回到念,回到吟咏。念诗是诗的身体性、行为性的复活,念诗是使诗从文本进入仪式,从时间进入空间,是复活脚本的空间性的时刻。诗有启示录的一面,更有招魂的一面,而招魂只有在仪式中才最强烈、最完美。古代诗歌通过格律保证了招魂的场域。格律是一个场域,某种仪式性质的东西。平仄、对仗、押韵是一种仪式,诗一旦被赋予这种形式,它就自动进入招魂,哪怕某些格律诗本身并没有魅力。现代诗,就自由天性来说,它比古典诗歌更原始,但招魂的场域并没有建立起来,格律化无法为新诗建立一个招魂的场,新诗复活招魂的祭坛我以为就其原始性来说,它可以像古代部落的招魂那样，直接回到空间、回到荒野。而这个"荒野"可以建立在酒吧、咖啡馆之类的室内空间中，这些地方更接近一种现代部落。申明一点，回到部落，不是为孤芳自赏的所谓为少数人写作。为少数人写作是一个"比你较为神圣"的观念。诗回到部落，因为诗总是钻木取火的星星之火，而不是火灾。

20世纪，新诗的发表逐渐走向刊物，古代祭坛上的群被解散为无数孤独的阅读碎片。读者和作者都不得不接受权力的制约，发表权从作者手中转向编辑部，编辑部成为新诗的衡量标准，取消了古代诗歌由作者自己发布的那种自由。古代诗歌是不胫而走，因为它有一个相应的场。古代诗坛不是编辑部式的行政性控制，诗歌不是根据某诗歌刊物的编辑方针来取舍，好诗完全由民间鉴赏、传播，民间是一个由德高望重的诗歌鉴赏权威和水井边的普通读者组成的金字塔结构。塔尖部分是"韩荆州"、顾况之类的诗歌鉴赏权威，基础则是水井。"李贺以歌诗谒韩吏部，吏部时为国子博士分司，送客归极困，门人呈卷，解带旋读之。首篇《雁门太守行》曰：'黑云压城城欲摧，甲光向日金鳞开。'却援带命邀之。""白尚书应举，初至京，以诗谒顾著作。顾覩姓名，熟视白公曰：'米价方贵，居亦弗易。'乃披卷，首篇曰:'离离原上草,一岁一枯荣。野火烧不尽,春风吹又生。'即嗟赏曰:'道得个语,居即易矣。'因为之延誉,声名大振。"(见唐张固《幽闲鼓吹》一卷)现代刊物其实为诗歌的传播设置了一个障碍,你要订阅诗歌刊物才可以阅读编辑部指定的诗歌。而在古代诗歌不胫而走,茶楼、酒肆、青楼、水井……我想起1975年的某日,正是"文革"年代,这个国家像古代一样,没有发表诗歌的刊物,或者有一两本,不是发表诗歌,是发表分行排列的宣传品。正是此时,我读到许多地下诗歌的手抄本,包括远在北京的诗人食指的《相信未来》,它们显然是在一种古代的原始形式中被传播的。诗歌其实应当像它诞生的那种自由即兴的方式来传播,这才可以保证诗的本质上的自由,诗在创造时是自由的,传播也是自由的。我当然不会否定现代刊物制度在传播诗歌上的作用,当代诗歌史就是由这种传播的结果写成的。但是,它也阻断了许多不符合刊物编辑理念的诗的传播途径,也导致了为发表而写作的现代风气。传播诗歌不是自由决定的,而是权力决定的,新诗的边缘化我以为不能不说与此有关。我以为诗歌只有回到第一发表的现场,重建一个民间鉴赏的金字塔,新诗才可能获得广阔的在场。

网络的兴起，为诗歌的自由发表提供了技术保证。但是网络只是文本的解放，诗歌依然只在私人阅读中传播，它的场域依然是封闭的。

我曾经观察过昆明传统的民间文化活动的在场，例如滇剧、花灯、山歌小调、土风舞如何存在。其实它们从来不存在于国家剧院中，虽然有一度，国家收编各种民间文化，将他们转移到剧院，纳入编制，为宣传效力，但很快它们就模式化，失去生机，现在不得不逐步放弃。今天剧团体制的改革，说穿了就是让民间艺术重返民间。但民间艺术从未被全部收编过，它们在国家剧院之外如何生存呢？昆明市如今还残留着几处定期举办的庙会，还有许多公园，众多的民间艺术就在那里生存。日复一日，民间艺术家自发的活动，使许多民间艺术后继有人。昆明翠湖公园是昆明最大的日常性的民间艺术舞台，当国家剧院下班或者没有剧目上演的时候，翠湖公园的各种自发的民间艺术日夜不绝，就是"文革"时代国家剧院被迫关门的时候也香火不断，民间艺术在国家体制中由于经费的拮据或者主题的限制而难以为继。在民间却生生不息，它们从来没有离开自古以来的那个场，正是这个场产生了诗经和离骚。现代诗作为新文化革命的产物，它可以生根的场在哪里？仅仅是印刷品是不够的。

诗歌刊物今天读者越来越少，就是刊物这种形式遮蔽了诗的更生动、活泼、行为性、仪式性的空间。诗歌只是图书馆里的小册子么？圣经欧洲、知识分子的欧洲也许是如此，但汉语诗歌起源于巫，它是手之舞之足之蹈之咏之文之的招魂。

回忆一下我们的大巫师屈原，屈原的作品不是只在纸上，《离骚》必然有一个招魂的现场。《离骚》我甚至认为它先是创造于祭坛，然后被传诵并记录下来。诗经、离骚以后，巫师的角色由文人取代，诗的方向改变了，从文人的创造再回到现场去传诵。写作是从世界中出来，再回到世界中。而在诗经离骚时代，写作和传播都在一个现场中，文字纪录在祭祀结束之后。20世纪，新诗在广场、礼堂寻找它的祭坛，但没有生根，因为那不是诗的日常性的在场。但是广场、大礼堂这种牺牲式的仪式给我们一个启示，诗必须回到仪式，否则它只是图书馆书架上的一具翻开时才坐起来的尸体。我说过，诗是一个手舞足蹈的神灵。

我在最近几年的写作中，一直有意识地尝试蓝调式的诗，追求一种内在的即兴性，突破一首诗的"主题"这个象，超以象外，得其环中，不指向一个明确的意义，而注重诗歌中语词的独立性、自在性、音乐性关系，空间关系，更注重场。

一首诗是一个语词聚集起来的场，也是一个仪式。更确切地说，新诗的现代性就在于它可以创造布鲁斯那样的场。布鲁斯的即兴演奏，可以泛听，随便从哪里听起。虽然白话诗在形式上有着即兴的风格，但是白话诗还是有非此即彼的倾向，与古典诗词保持着距离。而我以为蓝调式的自由诗，应当在即兴的基础上对一切既成的语言历史用加法。尊重各种语词的个性、尊重名词、尊重动词、尊重形容词、尊重介词、尊重成语、尊重熟语、尊重书面语言、尊重口语、尊重脏话、尊重各式各样的语言事实，把古体诗词视为现成的语言材料。而最终的念诵仪式在脚本的基础上，怎么招魂怎么加，把环境加进来、把方言加进来、把普通话加进来、把专业演员的朗诵加进来，将即兴式的临时谱曲——加进来，把行为加进来、乐队加进来、音响加进来、灯光加进来、听众加进来……一切都加入进来，诗是一场语词、行为、空间的伟大加法，最终它构建一个招魂的诗的现场、仪式祭坛。脚本是固定的，但每次仪式都是一次性的对脚本的不可重复的当下演绎、创造，因此也是一次牺牲。

布鲁斯（蓝调）的意思是忧郁，这种忧郁是气质性的，不是刻意的主题。新诗也有一种忧郁的气质，新诗的方向是还乡,是从广场向部落的还乡,它不是杜甫式的还乡,不是"漫卷诗书喜欲狂,青春做伴好还乡"。在杜甫那里,"国破山河在",存在的根基并没有被摧毁。屈原的处境不同,王国维曾经研究先秦文字,他认为有东土文字与西土文字。东土文字是中原六国的文字系统,就是科斗文,有晋、楚、燕、齐四系。西土文字是秦文字系统,就是籀文、大篆。秦始皇统一中国后,就以秦篆及秦隶为主作为全国通行的文字,其他文字断代。我认为我们时代的诗歌正面临着一个屈原式的局面,"去终古之所居兮,今逍遥而来东。羌灵魂之欲归兮,何须臾而忘返!"《哀郢》屈原诗歌中的忧郁不只是"国破"的悲哀,悲伤来自秦的"全球化"将一统天下,更有着作为存在之家的语言之丧失的忧郁。还乡是忧郁的,知其不可为而为之,《离骚》是长句子的、缓慢的陈述,语词有一种沉思节奏,这种节奏产生了强烈的忧郁感。语言是存在之乡,古典诗歌曾经是我们的故乡,但它也流放了我们。通过日常白话回到汉语的荒原,新诗也是一场深刻的语言还乡。还乡就是迁移,就是重建新诗的部落,新诗的还乡就是创造语言的白话故乡,重新钻木取火,使诗在白话中也获得招魂的力量。

作品 39 号

大街拥挤的时候

你一个人去了新疆

到开阔地去走走也好

在人群中你其貌不扬

牛仔裤到底牢不牢

现在可以试一试

穿了三年半　还很新

你可记得那一回

我们讲得那样老实

人们却沉默不语

你从来也不嘲笑我的耳朵

其实你心里很清楚

我们一辈子的奋斗

就是想装得像个人

面对某些美丽的女性

我们永远不知所措

不明白自己　究竟有多憨

有一个女人来找过我

说你可惜了　凭你那嗓门

完全可以当一个男中音
有时想起你借过我的钱
我也会站在大门口
辨认那些乱糟糟的男子
我知道有一天你会回来
抱着三部中篇一瓶白酒
坐在那把四川藤椅上
演讲两个小时
仿佛全世界都在倾听
有时回头看看自己
心头一阵高兴
后来你不出声地望着我
夹着空酒瓶一个人回家

1983 年

我早就感觉我的大多数诗不适合在广场或者剧院朗诵，站在那些地方，就像在教堂"比你较为神圣地"面对听众说教，总是令我感到孤独，像是被迫的小丑在独自忏悔，每次都很失败，令我心情沮丧。但是在 2010 年 1 月 16 日的夜晚，我体验到前所未有的感受，我成了一个巫师。我进入了一直潜藏在我作品中的那个角色。

一场诗歌的布鲁斯，你得准备这些东西：一个作为仪式场所的酒吧或者咖啡馆，或者某种可以是陌生人聚合的小型场合，这不是广场上的那种祭坛，这只是一个部落的祭台。你得创造性地准备好诗歌小册子、电子屏幕、音响、小型的布鲁斯乐队、啤酒……我把它们视为写作的一部分。

我曾经目睹彝族毕摩（巫师）招魂仪式，作为仪式的组成部分，他不只是酝酿了说辞咒语，还准备了用来钻木取火的木棍，点燃火苗的特殊植物、大公鸡、铃铛、鹰爪、猴骨、午餐（祭祀结束后人们要大吃一顿）……在前往祭祀的山路上有用树枝搭成的门，人从这个门进去就表示进入了祭坛。他的招魂词有祖先口传下来的既定语词，也有即兴的创造。现代诗，从诗人写作开始，被记录在纸上，然后回到祭坛。古代诗歌的方向是："言之不足，歌之咏之；歌咏之不足，舞之蹈之"——不足，以文字记录之。那么，现代诗的方向则是相反的道路，从文本回到祭坛，回到舞之蹈之、歌之咏之、言之，回到念、回到吟咏。

那个夜晚在马力和何力的没头脑乐队配合下，我先念了几首便条，便条就是我的即兴诗，我从1996开始写，这个晚上我更明白我要做什么。我的便条就是为酒吧这样的世界写的，我以为诗不是在广场上，而是位于马桶、浴缸、枕头帕、烟灰缸、啤酒瓶、打火机、火柴盒、纸巾、从房间深处传来的偶然被听清楚了的无调音乐中的一个乐句、一张随便记着点什么的纸头、便签、杂志、油瓶、鼠标……中间的一个什物，这个在场并不意味着诗只与琐事有关，不，只有在这些日常什物、生活细节中间，神灵才会真正地落脚、在场。神不是祭坛上被绑架的偶像。而在远古，这些便条就是龟甲、卜卦。然后我念了新作《爵士乐》，马力、何力以吉他和鼓与我配合，非常成功。这是我的一首蓝调诗，在这首诗里我加入了一节老歌，并且唱了出来。我用普通话、用昆明话、用现编的谱哦吟、念叨，即兴地念这首诗，创造它的音色。何力为我的《这个夜晚暴雨将至》配了曲，非常美妙。原作在电子屏幕上打出，保护着这首诗的汉字，使它不埋没于声音，也不沉默于纸张。我想着自己就是哈莱姆区的某个阿姆斯特朗或者距离此地两百公里某个寨子中的巫师。祭祀的高潮是念《拉拉》，我听到有人在尖叫，大约捂住了跳出来的灵魂。写这首诗的时候我就想着一个场，《拉拉》只有在一个现场才能彻底呈现，它不是为一张纸写的。其间，也请几位朋友念了几首，使念诗有各种不同的声部。我发现，一旦离开了文字，只有声音，现场的魅力就消失了，复杂的陈诉、同音字使听众不知所云。不知所云是部落巫师的方式，那时候没有文字，听众也不需要知道他说什么，只要神灵到场安心就行。而念诗是对隐匿在文字中的神灵的释放，让那个手舞足蹈的神灵回家。

我的观点不要求你们认同，但请尊重。

1月16日晚上，昆明夏沫莲花酒吧来了两百多人，现场气氛很热烈，许多人感到意外，没想到念诗如此好玩，如此有魅力。我欣慰的是，听众里面的诗人不多，我的同行们继续在隔壁的房间里进行沙龙活动。坐在我面前倾听的是这个波西米亚部落的主体，他们不写诗，但是灵魂出窍。坐下来喝啤酒的时候，建筑设计师林迪说，你今晚就像一位巫师。画家马云说，很入迷。电台DJ曾克说，朗诵在中国，三十年以来基本上就是个笑话。水泥厂的副厂长刘吉说，一直以为诗歌朗诵会就是团支部搞的配着乐的那种装腔作势令人起鸡皮疙瘩的东西，没想到诗还可以这么念。便条集当晚卖了八十多本。这是个流行自卖自夸的时代，我一向奉行桃李无言、下自成蹊。但在2010年1月16日，当这场祭祀结束，12点稍过，我在黑暗的街道上步行回家的时候，我敢说，这个夜晚为新诗创造了一种历史，一种得以持续的可能性。

2010 年 2 月 7 日

附录：2010 年 1 月 16 日我念的两首具有蓝调风格的诗。

爵士乐

一场雪刚刚停在云南山岗　于坚
须发全白　盯着咖啡馆的招贴画　三个
纽约客　黑指头　白指甲　抱着老贝斯
没有声音　演奏会　是音乐史上的一场车祸
多年前在哈莱姆　唱片铺里　阿姆斯特朗打着呵欠
怎么也找不着他喜欢的那盘磁带　眼泪横流
邋遢的大叔哭什么哎　走过海关我还在猜
密西西比河啊去了大海　月光犹在
有个姑娘她叫谢南多　带走了我的少年
"啊　谢南多　海浪向西流　遥远啊
滚滚的河　啊　谢南多　我永远怀念你"
毛主席说"广阔天地　大有作为"　我同意

去了花箐农场　秋天刨土豆　装筐时黄昏来了
一丛矢车菊站在雾边　望火堆里的残烟
灰鹭走下斜坡　天空苍老　青春嘹亮
我甩着长头发　弹吉他　喝白酒　写长诗
雨后多青山　鹧鸪在叫唤
后来它们统统被关进黑暗的大门
我抱着自己装配的小收音机躲进被窝
听美国之音播放爵士乐　干扰太大
像夜晚的星空　听起来闪闪烁烁

2010年1月5日

拉　拉

嗨　拉拉　迟早要出现在我们中间
身后　身前　上面或下面　有点羞涩
但再深些　再深些　那是你的爱好
环绕着男尊女卑的深渊　不计后果　前途　落款

再深些　再深些　花园中的女巫　超凡入圣

要的是那种极限　形而上的灵魂　形而下的肉体
愛（爱）是一个含着心的字　缺一划都不可
疯狂　痴癫
神韵　落实于体贴入微　当你尖叫时

火山喷泉　云霞落地　夏天黯然失色
腐烂或升华　无所谓　献身　无耻到底就是
纯粹　极乐只有一瞬可以赴汤蹈火　可以
下地狱　可以死掉　总是碰壁而返　永远做不够
世界喜欢左顾右盼　浅尝辄止　拉拉　你的深处
永远
空着　在冥冥中虚位以待　藏起绝望　忧伤
含着秋波的母狼　出来了　低着头　拉拉
答非所问　还在昨夜的边上走神　佳人
永远是别人的女朋友　拉拉　望着

公子哥金屋藏娇　暴殄天物
好汉们只能忍受　上帝捉弄众生　其貌不扬者
博大精深
难逢知己　漂亮就是肤浅　小生往往在情场

不劳而获

束着黑瀑布的髻　是怎么垮掉的都忘记了　小妇人紧紧尾随

手拉着手　他支支吾吾　这位是……拉拉　不必回头　已经

倾城　拉拉　拉拉　惊天动地的一日　一朵花陷进了沙漠

一群胡子硬起来　各显神通了

"秋兰兮青青　绿叶兮紫茎

满堂兮美人　忽独与余兮目成"　这就是了　就是她　拉拉

就是那个尤物　那种骚货　那种翘　那种稀烂　那片藏在

波罗蜜下面的沼泽　那种出神入化　拉拉　我们一生都在

准备着　时来运转　被这把烈火烧成骷髅　仙人　情不自禁

争风吃醋　像古希腊的力士　剑拔弩张　魅力四射

天呀　我们中间有个海伦　拉拉　有位兄弟的嗓

子越来越

男低音了　毫无道理扬头就唱　情歌浩荡　企图陶冶芳心

其他人脸嘴铁青　他玩纯朴　你装浪漫　我扮酋长　愣头青

天天牵着白马站在一米七二　那些夜晚谁能入睡　座中多是雄鹰

杏花疏影里　吹笛到天明　哦　拉拉　你带来了春色　跟着你

就是跟着爱情　窈窕淑女　谁热恋过你　谁曾经瘖痖思服

谁就是幸福的麋鹿　幸运儿　你英俊

苍白　胃有毛病　肺是黑的　闷闷不乐　捷足先登　却无法阻挡候补者坚忍不拔的激情

江山代有才人出　红颜　你的知己在过去的年代

拉拉　在我们中间寻求骑手　勉为其难

十二桥已经拆了　钢筋水泥当道　小乔无处吹箫　为茶杯继水　将剩酒加热　涂脂抹粉

拉拉　听俗物们炫耀戒指　这时代成就多少
政客　却辜负明眸皓齿　欲说还休　拉拉永不移
情　我们太迟

暗恋　就是不动声色　没有伤口　无法治愈流
血　早三十年
打个响指　飞身一撸　拉拉　扬长而去　骏马长
嘶　苦守着君子
协定　装成护花使者　以为有情人终成眷属　临
了　却各奔东西
哦　哥们　黄金时代　你舍近求远　心猿意马
在神殿外徘徊
顾虑女神的贞操　任随她钻进小汽车　下凡　跟
着异邦的瞎子
走了　长亭外　古道边　辘辘扬起一溜夕烟　吉
他弦断
落花杳无消息　哦　拉拉　黑暗　我们继续孤单
应付
苍茫

2009年7月15日星期三

诗人朵渔、方闲海、贺念对此文的讨论。

朵渔:

2月26日:

把你的《蓝调》又拿出来读了一遍,呵呵读得心向往之。美妙啊。

一个创造性的场,那真是诗人的幸福。

我觉得,在一个丰衣足食的时代,诗歌的场大概就在酒吧、咖啡吧、茶吧、书吧、小女子的私人聚会……上吧。一个半公开的、半私人的、半精神半物质的、半空中的(比如,二楼)、半醉半醒的、半矫情半认真的……场域,大概就是当下诗歌的流行场域了。

在这个场域里,至于能否招魂,能否呼唤出原始的巫性,我也抱着半信半疑的态度。

有一半,就好了。完全的纯粹,在诗人那里是可能的,在读者/观众那里,几乎不可能。但有一个场,就有可能的交流存在。

这一半,就足够我们享受。

蓝调让人迷醉。

3月8日:前两天我去酒吧体验了一下,一个朋友的电影活动,来了很多年轻人,他们问我:为什么诗人很少在这种场合现身?他们大多喜欢诗,但理解有限。我也想,是啊,为什么诗人很少现身?

现在有很多艺术的场,有诗人现身的场却不多。诗在纸上流传的传统,如今是否应该有所改变?况且,纸上流传的,只是诗的一部分,诗人的"肉身"并没有参与。而这是不完整的。诗人应该直接去面对自己的读者,创造一个身体性的现场,以此完成自己的作品。

很多拙劣的、表演性的伪现场已败坏了诗歌的场。无论是广场上的、大会堂的还是剧院的,都已成为"表演艺术"的一部分。诗不在了,甚至连大学里的诗歌现场都凋敝了。酒吧,蓝调,我的理解是,诗人以肉身的、出神的状态,与小众们共同创造一个诗歌的场。如此,也许真会招出诗歌的魂。

直接面对你的读者,这让我激动不已。

诗人不该把自己藏起来,也不必以流氓和名士自居。打倒诗歌的"春晚",以"诗人"的本义现身,这很重要。

要有勇气现身,并且要有能力现身。

惊蛰已过，北方还在飘雪，季节有些紊乱。

方闲海：

宏论已仔细阅读！很有意义。因为它能将许多诗人所感的意识转化为一种行动。你提出的"念诗"的概念是一种针对舌头音阶的调音，并以"心"为出发点，本质是王之涣的"以心击之"。至少在我的诗歌中，写的过程伴随着许多下意识的"念诗"过程，绝对不是"朗诵"，这里面其实包含了"音乐性"。"念诗"贴近着诗人在日常生活中如何劳作的经验，能体现一首诗最本质的一个侧面。我以前听闻的"节奏布鲁斯"一词，它的出现其实也暗合着诗歌的"念诗"过程中对节奏的体会和处理。唯一出乎我意料的是你对咖啡馆和酒吧的首肯，而事实确实是这样！让人感觉有意思的是，中国的茶馆不是一个理想之地，或许，是因为咖啡和酒都携带着让人"飞"的基因，而诗歌是需要一点飞行的气质的。近年，你在现场中屡有出色的诗歌活动，充满活力。我想，"念诗"的正式提出，确实能恢复诗歌的一种能量！古代所谓的"吟诗"肯定不是"朗诵"！这是时代里被重新擦亮的一个常识。

2010年2月12日于杭州

贺念：

  创造的抵达——于坚：从广场到部落

  我当天看到你的这封信时非常激动，并且当时就忍不住告诉你了呀。我以为这篇文章是你长期以来追寻诗歌道路上的一颗硕大的果实。从早期《拒绝隐喻》和之后的《诗言体》等文本来看，你的工作主要是"去蔽"，也就是去掉"诗言志"和"诗无邪"对作为"体"的诗歌本身的遮蔽。诗作为体，是指"恍兮惚兮，其中有象"，是指真实的生活和生命（包括身体和日常生活中永恒性的一面），指世界本来的样子，而不是应该的样子。这样，你早期的这些思索便实践了对诗歌本身的一种召唤，它在时代的进程中曾体现出了巨大的革命意义。而《还乡的可能性：从诗的蓝调开始》真正让你找到了诗歌本身（作为体）得以存在的场！它不仅仅是关于当下诗歌写作的一种可能性的思考，更是诗歌和这个时代的关系的思考，或者如你所感到的，它思考的是诗歌自身的家园问题。

  （1）白话诗是与旧体诗本来所有的那个场的分离。旧体诗的格律化就是一种发表的方式，它使诗歌便于传诵，并因此构成了一个非常自然的少有外力影响的民间鉴赏系统。而旧体诗在内容上，强调与自然（乡村）的关系（融合），对天地的赞美，以及对个人情感（感受性）的抒发。这两方面构成了旧体诗的场。而白话诗一开始的使命首先是主动与这个场分裂，这源于人的生活和思想的根本改变，也源于一个旧的封闭的系统总会有它自然的寿命。

白话诗更加的自由，这是他的优点、起点，也是它的使命。它允诺了容纳西方个体精神的空间，它将时代人复杂的人性和生活之思带进了语言。可以说，白话诗从一开始，就是在暴风雨夜诞生的一个孤儿，但就是因为它的孤儿身份，赐予了它难得的自由。自五四新文化运动以来，如果有什么真正的新的精神在中国汉语古老的土地上扎下根来，新诗就都是它新生的土壤。因此，新诗在过去的革命岁月中、在广场上、在海报上、在宣传栏上、在广播和传单中频频扮演历史的舵手。这样便兴起了朗诵的传统，朗诵注重的声音的放大，是掌声，是"志"的铿锵有力，而不是思，不是体。

（2）然而，在中国90年代的社会转型以及新世纪的网络时代影响下，新诗又重新成了孤儿。因为广场上的人散了，传单散落一地，无人理会。在网络起初所形成的一片自由的欢乐氛围之后，它也重新成了一个广场。

诗歌写作又重新成了为朗诵而写的写作。只是这回更加可怜，因为虚拟的网络广场让那些高台上摇旗呐喊的家伙只能在很少的范围内享受虚拟的雷鸣般的掌声。诗人成为一帮顾影自怜的一座座小山的霸王。但是这却更加敞开了新诗作为孤儿的实质，在上一阶段，新诗并没有真正获得自己的这一身份，因为它是被历史裹挟的，有着意识形态的巨大包袱，无数异己的力量掌控着它的成长。这或许是新诗真正获得新生的契机。

新诗自己必须长大。而这长大伴随着它必须告别革命，告别朗诵和广播，回到思，回到独立成长，摆脱揠苗助长。这意味着新诗必须找到自己真正的场。这个场不在自然（大自然，乡村），而在现代生活之中，在现代生活里那些保留了思的可能性的空间。"我以为，今天，新诗应当退出广场，礼堂，回到部落。"更重要的是，新诗的这种成长，是创造的抵达，是向着自己的本己性自然生长！回到部落，不是又一场革命，而是回到自身，并开始生长。不管诗歌是起源于劳动还是祭祀，我认为它一开始都是为了让人的身体和精神更加自由，让身体的节奏更加协调，让精神得到安宁，让思得以通过文（纹）呈现。并且在这个过程中，诗实现了人与人的交流，人与神（天地）的交流，人与自身的交流。诗人扮演的是这一交流得以实现的桥梁,也就是说他是倾听到了诗,并将其表达出来的人。诗人沟通着天与人。诗人首先是倾听,再有所谓创造。于此,诗歌在古代的神坛上,在群体劳作的大地上,在屈原徘徊的江边,在流觞曲水列坐其次的朋友聚会中,在琵琶声声的江船上发生了。而在当代城市,写作成为个人的事业,诗歌发生在室内,在独立的居所,而诗歌的发表(流传和欣赏)发生在当下城市部落:酒吧和咖啡馆。

而在形式上,新诗自由的特质决定了它必须敞开自己,为所有的语言都留有空间。它是开放的,它做着加法。它必须可以具有各种不同的节奏,并让它们各自找到自身,和谐共存。

(3)难能可贵的是,不是通过理论,而是通过身体的现场的实践。以上二者,在现实层面和语言层面,都让你非常自然地通过一场别具一格的念诗会找到了新诗所需要的场!布鲁斯音乐的即兴和自由,开放和沉静,酒吧和咖啡馆相对独立的室内环境,文字(语言,通过电子屏)和声音(念,通过话筒)的同时显现,观众的现场参与,都给思在这个时代的现实生活当中的到场提供了可能。这里便是新诗成长的家园,它敞开了新诗还乡的可能!它不是简单的复古,它不是一种主观意愿的倾泻,而是统一了过去的未来,是走向未来的抵达。我看了你现场念诗的视频,效果非常好,这场仪式创造出了一个场,这个场是诗人自身的表达需要的,也是观众的接受所需要的,是诗歌孤儿在这个技术无聊主义的时代里的自身成长所需要的。我相信,将有更多对思饥渴的人们,会感受到它的好玩、它的魅力。

让我们出发吧。

2010 年 2 月 9 日

分　行

　　分行，作者一下命令，汹涌澎湃、转瞬即逝的语言之川突然被一脚刹住，停下来，那几行出列，犹如群众队伍前面的敢死队员，立刻光辉夺目、与众不同了。为的是不朽，不被遗忘。当然，也有哗众取宠之嫌。

　　一般来说，诗歌就是分行排列的文字。古诗四言、五言、七言、长短句都是分行排列。古代，说诗的时候，是说分行，五言、七言、古风、长短句等等。诗是什么，没有定论。诗言志，是说这些特殊的分行存在的语词的内容。唯一可以把握的，就是分行。这是诗的基本存在方式。取消了分行，关于诗歌，我们就将陷入本质主义的深渊。诗是什么？诗言志，诗缘情，是说诗要表达什么。小说、戏剧、散文都可以言志抒情，不独诗。这就扯不清了。分行，我们立即可以定下来，那是一首诗，至少这些文字有朝这个方面努力的企图。

七言排列或者五言排列，那就是诗。至于这些分行排列的文字给人什么感受，它的语词组合的效果、韵律、词汇，朴素、华丽、空灵、恢宏，雅致或者粗俗，这是另一回事。各个时代对此的感受不同。在此时代崇尚浮华伤感、措辞严谨，在彼时代尊崇朴素中正、韵律奔放自由。但诗是分行出现的，文字一分行排列，给我们的感觉就是那是一首诗。古代诗如此。现代诗也是。汉语诗是，外国诗也是。不分行排列的，就是它的内容是诗性的，我们也总是首先不把它作为诗来看待。

押韵、词牌都是为了分行。为了区别不分行的诗。

诗词格律的产生，是为了正声，在分行出现之前，语言乱糟糟地堆在一起的，鸟语、方言，诗被鸟语遮蔽着，分行使诗鹤立鸡群，是文明的一大升华。书同文，使各地区的鸟语可以通过文字沟通。分行，确立了诗的独立地位。先分行，是不是诗意的，再说。在古代，仅仅分行是不够的，必须建立格律，更精致的分行，因为古代汉语有一个正声的任务。五音使人耳聋，押韵的出现，是为了正声。"乐而不淫，哀而不伤"不仅仅是正风俗、厚人伦，"昔周盛时，上自郊庙朝廷而下达于乡党巷间，其言粹然无不出于正者，圣人固已协之声律，而用之乡人，用之邦国以化天下……"（朱熹《诗集传序言》）分行，而且"协之声律"，就是为了"其言粹然"。

"其言粹然"，有点像1949年后推行普通话。普通话当然与诗教不同，但"其言粹然"是一致的。"协之声律""其言粹然"使得诗成为语言的最高形式，成为汉语的标准、典范。而语言就是存在之家，诗作为语言的最高典范，当然也就是这个"家"的家规、伦理道德秩序的象征，天地神人四位一体之神的代表。"孔子生于其时，既不得位，无以行劝惩黜陟之政，于是特举其籍而讨论之，去其重复，正其纷乱……使夫学者即是而有以考其得失，善者从之，而恶者改焉。是以其政虽不足以行于一时，而其教实被于万世，是则所以《诗》之为诗教矣。"分行，到后来，在中国发展为一种话语权力，知识分子进取功名的工具，就是因为"诗教"，西方是政教合一，中国则是政治家首先要学会诗教，要会分行押韵，先要是个文人。政文合一后科举考试要考填词作赋，就是这么来的。

对李白这样的诗人来说,格律化令他窒息,他意识到危险,格律将使诗的自由分行被束缚起来。他是自由分行的大师。

蜀道难

噫吁嚱,危乎高哉!
蜀道之难,难于上青天!
蚕丛及鱼凫,开国何茫然!
尔来四万八千岁,不与秦塞通人烟。
西当太白有鸟道,可以横绝峨眉巅。
地崩山摧壮士死,然后天梯石栈方勾连。
上有六龙回日之高标,下有冲波逆折之回川……

屈原、李白都是古代少数有自由灵魂的诗人。他们是最明白诗人何为诗人的。

从诗经开始,分行已经有数千年的历史。

诗歌的分行史,往往是在文明的格律化与自由分行之间运动。从诗经的四言,到汉诗的七言、唐诗、宋词、元曲……宋元,自由分行的冲动就消失了,格律成为诗歌的绞索。直到白话诗，诗才重新自由分行。

在文明历史上，重新分行总是出现在伟大时代的开端。自由分行是语言的一种解放运动。

诗是什么，像胡塞尔启示的那样，将这个我们数千年来一直企图定义而总是悬而未决、语焉不详的东西就继续让它悬搁着吧。存而不论。未来数千年，如果语言继续存在的话，这一点将继续争论下去。我们先来分行。

分行，是诗歌最表象的、一望而知的东西，是诗的物质外壳。

一旦分行，我们就知道这些文字要"与众不同"，"诗意"一把了，已经约定俗成。

那些不分行的文字，那些文字的群众，我们叫作散文，但散文里面未必没有我们感觉到的那种所谓诗的东西。

但是，激发我们将这些文字首先用"某种诗的东西"来要求的是那些分行的文字。在"某种诗的东西"这一点上，我们对分行文字比散文有着更直接的敏感和要求。

我们容许散文毫无诗意，比如说明书、文件、社论等等。但如果这些文字已经分行，而毫无诗意，我们会大失所望，那就是搞怪，文字游戏。

诗这个词，总是被诗意和分行所裹缠。诗意是广义的,可能性存在于一切文体。诗就是被分行的文字,也许它毫无诗意。诗就是那些分行排列而不是集群混杂的语词。这是一个定义。诗是那种我们感觉到所谓诗意的东西,这个东西不见得是语词,一种状态、一个行为也可以是具有诗意的。

历史上某些曾经被认为具有"诗意"的分行,今天未必具有"诗意",我们依然承认它是诗,仅仅因为它"分行"。例如:"天保定尔,亦孔之固,俾尔单厚,何福不除。"(诗经《天保》)今天阅读,也许不知所云,但在当时,它确实是可以招魂的九鼎之言。

(不知所云,是因为它的分行已经陈旧,需要重新分行。诗意已经被时间遮蔽了。时间会敞开诗意,也会遮蔽诗意。)

分行确实不意味着就有诗意,但分行,就意味着这些语词有明确地要召唤诗意出场的倾向。分行,就像巫师做法事时的道具、动作、声音。最终,灵魂是否被招魂到场,另当别论。但我们承认这是一场巫事。

分行,就像京剧中的脸谱,一旦你把脸画成那样,就是你还没有唱,大家已经将你视为演员了。现在,你的一切行为都是演戏,你可以杀人、可以放火,这是演戏。

脸谱、分行，其实就是画一条线，划界，语词的分行排列、生旦净丑的脸谱这边，是诗、是戏剧，别当真。

文章为天地立心。分行，是为了立心。先要分行，然后才谈得上立心。心很复杂，有"周公吐哺，天下归心"之心，有"众生之心，犹如大地，五谷五果从大地生……以是因缘，三界唯心，心名为地"。《大乘本生心地观经》之心，有安心之心，有心灰之心，有"哀莫大于心死"（庄子）之心，有心曲之心。有"若善男子，于彼善友，不起恶念，即能究竟成正觉，心花发明"（圆觉经）之心。有"解心释神，莫然无魂"（庄子）之心，有心思之心，"有空留锦字表心素"（李白）之心，有虔诚之心，有"吾心为秤，不能为人作轻重"（诸葛亮）的公正之心，有"虚其心，实其腹"（老子）之心，有心术心算心计之心，有"可以心契，非可言宣"（唐张彦远）之心，有心寄之心，有心许之心，有心酸之心，有心灯、心树、心斋、心茧之心。还有本心之心、心灵之心、开心之心、违心之心、昧心之心、恶心之心、随心之心、慧心之心、童心之心、心醉之心、心旌之心、心仪之心……各个时代的心声、心旌、心仪是什么，这不一定，此心生彼心灭。超越生死的心是大道，道心。

文章为天地立心，诗意就是心立，心是什么，自古以来，说的都是心的各种状态，这些状态通过分行的文字表现，也通过不分行的文字表现。

作为写作，分行就是从世界中出来，文明黑暗的世界。文，怎么文都可以，重要的是立心。但是，文明向着雅驯流去，文明的源头被遗忘，为什么要分行，每一代诗人都要重新问这个问题。朱熹问道："'《诗》何为而作也？'予应之曰：'人生而静，天之性也，感于物而动，性之欲也。夫既有欲也，则不能无思，既有思矣，则不能无言，既有言也，则言之不能尽，而发于咨嗟咏叹之余者，必有自然之音响节族而不能已焉，此《诗》之所作也'。"诗是思的文字记录。思是什么，就是心的田地。心灵的大地。（这个思不是思考的思，思考是认识论的，思却是本体论的。思是存在于世界中，感悟。思考是认识，解释世界。）诗之所作，还不够，还要正声，不能只是"自然之音响节族而不能已焉"，于是要"去其重复，正其纷乱"以至于雅驯。

当雅驯已经完成时，诗人感到窒息，就要重新分行，仅仅是"自然之音响"的分行，就是革命，白话诗就是如此。但是，白话诗出现的背景与原始时代的黑暗荒野上的"安静"不同,白话诗的背景是一个巨大的古典诗词支撑着的雅驯传统。千年雅驯的结果,使汉语被音乐化了。汉语就是不谱曲也具有音乐性,阴平、阳平、上声、去声、轻声就是五个音调,就像古代音乐的五音的五种调式:宫、商、角、徵、羽。明朝释真空说:平声平道莫低昂,上声高呼猛烈强,去声分明哀远道,入声短促收藏《玉钥匙歌诀》,如果夸张发音,那就是歌唱。方言本来声调更为丰富,例如现代粤语分为九声"阴平""阴上""阴去""阳平""阳上""阳去""阴入""中入"和"阳入",就像宫、商、角、羽。在诗教的影响下,汉语一直在调整雅驯它的音乐性,这为分行奠定了一个音乐基础。从格律回到分行并不是回到"自然之音响",而是回到雅驯后的音乐汉语。

现代白话诗取消了格律。因为分行的排列方式可以取代固定的韵脚。汉语原始的、内在的韵律音乐性获得了解放。五声就是乐谱,现代诗摆脱了格律的束缚,丰富了诗的韵律。现代诗更吻合诗人个人的语感、生命律动。格律化的末路是使分行成了依样画葫芦的填写游戏,取消了韵律的个人风格。

格律式的分行也遮蔽了诗意本身,格律取代了诗意,只要符合格律,那就是诗。相当于,只要分行,那就是诗。只要押韵,我们就将这些文字作为诗来反应。

分行,诗与非诗的区别,其实只是这样分行而没有那样分行。

分行,是一种解脱,从语言历史、秩序、约定俗成中解脱,只要一分行,怎么说都是可以接受的。菜谱、学术论文、社论一旦分行排列,就使人误入"这是诗"的陷阱。

分行其实不仅仅是个形式问题。诗一旦诉诸文字,它就要分行。分行是语言的一种解放,这几行脱离了语言的汪洋大海,脱离了一般的语境和逻辑关系,忽然间充满魅力、出神入化、神籁自韵、神采奕然了。

分行是诗最基本的、开始的自由。分行就是自由。然后,诗向着雅正发展,四言、五言、七言、长短句、七律、七绝、五律、五绝、词……是诗分行之后的雅正。雅正到了极端,就是雅驯,诗就要重新回到分行。诗经是民间的分行,屈原是特立独行的分行,李白是一次分行,苏轼是一次分行,白话诗是另一次分行,分行是获得自由、开始。分行也是从分行的雅驯、规范中的一次次解放。

"雅正"是诗的极致,雅驯则是束缚、暴力。一旦"大雅久不作"(李白),诗就要重新分行。

分行排列的语词,意味着它们不再是普通的日常语言,不再是口语或者书面语。分行与日常语言划清了界线。至于它是什么,可以争论。我们不会对没有分行的日常语言发生怀疑、争论、好奇。分行使我们关注语言。分行有一种祛除遮蔽的直接效果。

诗可以视为语言的去蔽过程,语词从陈词滥调的汪洋大海中颖脱而出。分行就是去蔽的动作。至于去蔽的程度,去蔽还是祛魅,那是另一个问题。

西方现代艺术在20世纪意识到这个问题,杜尚是个分行的大师。一个小便池,放在任何地方都是小便池。但放进博物馆那就完全不同了,它立即成为惊世骇俗的艺术。博物馆是一个界限,它暗示摆在里面的就是作品。其实小便池并没有任何实质性的改变。是什么使得观众将这个小便池视为作品,区别于世界上沙漠般密集的小便池呢?分行。博物馆就是一种分行。杜尚与那些学院里靠技巧和艺术理论混的家伙开了个玩笑,他嘲讽了博物馆。他的小便池祛除了博物馆对"生活就是艺术""世间一切皆诗"这一真理的遮蔽。安迪·沃霍尔将杜尚的这一套继续发挥,他进一步直接解构了艺术与日常生活的贵族关系,可口可乐筒、电影明星梦露这些俗不可耐的日常生活符号被升华到艺术的层次,而艺术的狭窄空间也被解放了。这是一次分行。波普要玩的就是生活就是艺术，但是如果没有划界这个动作，生活就是艺术就体现不出来。西方的博物馆这根线，没有古代中国画得好，博物馆的实质是教堂的延伸部分，不说教，但依然是观念，教育而不是教化。杜尚对博物馆的解构不自然，也是从观念到观念，要解释才可以接受，杜尚养活了一大群批评家。

中国早就玩这一套了，瓷盘上的青花、粉彩、景泰蓝、花瓶、花盆、园林、画舫……那都是划界，一个普通的实用的盘子，描上青花，它还是盘子，还是可以用来盛菜，但它也是一个作品。一艘普通的船，开个画框式的窗子，自然景色就成了作品。船还是船，日本作家芥川龙之介去杭州的时候，乘画舫游西湖，他说没看见画舫里的画挂在哪里。嘿嘿。

分行就是艺术。人为就是艺术。生活就是艺术，生活是人为的，生活不是自然，生活是道发自然。人本身就是一个艺术与非艺术的界限。

诗意是先验的，诗是诗意的敞开。诗意如何敞开、分行，每个时代都有自己的分行方式，诗意的敞开并非一劳永逸，诗意总是在分行中被敞开，又在雅驯中被遮蔽。

中国没有准宗教，李泽厚说只有半宗教。半宗教的东西就是诗教。诗意的敞开，就是教化的开始，而教化总是走向雅驯。于是，重新分行。

只有人可以看山不是山，看水不是水。看山是山，看水是水。小便池是一种分行，塞尚、齐白石、巴尔蒂斯、莫扎特都是分行。但是，孰高孰低，这里有一个分行与他者的关系。你在乎他者，他人就是地狱，分行就有是非。你不在乎他者，分行就是你自己的游戏，日记本，怎么都行。小便池是杜尚的游戏，杜尚不在乎他者。这个游戏之所以轰动西方，进入艺术史，是因为通过杜尚，西方首次意识到生活就是艺术这个对于他们来说有些惊世骇俗的观念。对不起，再次把小便池放进博物馆，没戏了。行为艺术的依据就在这里，只可以搞一次，行为艺术必须绝对自我、自恋，非历史化。行为艺术是空间艺术，它每一次都必须横空出世，占领新的观念空间，行为艺术必须斩断与时间和历史的联系。但是，空间是有限的，行为艺术必然山穷水尽。杜尚开辟了后现代的游戏时代，但也就是到他为止，知道了杜尚，安迪·沃霍之流玩可口可乐的波普化，其实相当乏味。波普，我年轻的时候不知道这个词，其实中国玩得太大了，1976年毛泽东逝世，整个国家的广场和主要建筑物都用黑布和白纱裹起来。包裹德国国会大厦那算什么。更重要的是,与盘子上描青花一样,黑布包裹广场的时候,那不是一个展览,而是真正的悲哀,悲哀并没有被游戏化。而小便池放在博物馆里,它只能思考、解释、游戏,而不能小便了。中国的伟大是,直接把这个小便池做成作品,而不必送去什么博物馆。有一天翻清宫画册,看到光绪皇帝的景泰蓝马桶,那真是做得美到平庸的地步,而皇帝先生也天天拿它便溺。看看卫生间里的白瓷马桶,模仿西方的,要多难看就有多难看,只是实用,各式各样的实用被严格分类,马桶就是马桶,量杯就是量杯,其他什么也不是。前天去一个朋友的古玩店里转,看见一个红色小桶,清末民间的作品,当年很普遍,腰上箍着两道铜环,打制得很美,问是什么家什,马桶。不用了,还可以留着养眼。

艺术不在乎他者,玩不长。一招鲜。这个世界毕竟是个他者的世界,他人不仅仅是地狱,也是历史、经验、时间、终极价值、普遍性。对于诗人和艺术家,他者是先验的,是被抛入世界所必须接受的前提、存在。有些自恋者,一方面,他的分行仅仅是自我的野怪黑乱,另一方面,又渴求他者的承认。他者不承认,就通过理论、解释,甚至行政手段。中国20世纪60年代的诗歌其实相当自我，所谓"中国特色"，完全无视他者的存在，依靠行政力量维持。自我可以玩，但是只限于自我，自我而野心勃勃，企图以自我意志统治世界，那就是只有独裁、纳粹，希特勒就是个自恋狂。

1993年我在北京与牟森搞贫困戏剧，贫困戏剧玩的就是从"三一律"回到分行。拒绝传统的话剧表演，将日常生活通过舞台划界，一旦上了台，你无论做什么，都是演戏。在《与艾滋有关》这一场中，我、吴文光、舞蹈演员金星、作家贺奕等人其实只是应牟森的要求在舞台上做了一顿饭。上了这个台，无论做什么都是戏，所以牟森训练演员只是训练他们放松，戏剧就是解放。放松什么？放松他们生命的深度，让生命越过舞台、面具。不需要再表演了，也不需要再戴一个面具了，上了台，就是分行，就是越界，就是到了那一边，就是表演。直接做就是了，怎么做都是戏。舞台是一个解放区，不是在上面表演，而是不表演。

人不是小便池那样的符号。人是一个有生命的舞台，一个天生的面具，文明已经赋予人舞台的意识，表演不仅仅在舞台上，"人生如戏"，中国早就知道。戏剧的力量在于将人从那种无所不在的表演中解放出来。人生就是戏剧，专业的戏剧被解构了。贫困戏剧其实就是杜尚一路。中国文化的奥秘，就在于将人生戏剧化、艺术化。这个戏的正道，是仁者人也。用仁来教化人生，通过人生如戏。

演出时，观众也可以走进舞台，舞台是开放的。这是要将人生如戏具体化、现场化，但没有观众敢于走上来，他们还是害怕人生与戏剧之间那个界线。舞台、博物馆还是有着巨大的威慑力。一旦要上台，马上想到一招一式、唱腔、做派。就像写诗，拿起笔来就分行需要很大的勇气，人们被分行的雅驯史所震慑。

现代主义是一种文明的解放力量，这种力量的契机就是回到分行。现代主义不是20世纪的事情，每个时代都有它自己的现代主义。李白是唐诗的现代主义。现代主义不是一种"我们时代的主义"，简单说，它就是回到分行。

分行就是划界限，所有语言都是一个现实，分行将某些语词从语言中分行出来，这些语词就不同凡响了。汪洋一片的汉语，拎出几行来，就光芒四射，说着玩的？就是这么简单。每个人都跃跃欲试，弱水三千，取一瓢饮。你那几行读者看不出什么名堂来，就来玩解释、理论，玩"你不懂"，这是二流。这个时代确实不懂，但这个不懂不是那个不懂。不懂李贺、阿什伯里是一种不懂,不懂李白、王维、弗罗斯特也是一种不懂。前者是知识的不懂,可以学习嘛,后者是根本不懂,只有由它不懂啦。

分行之后又如何呢?基于自我的分行可以忽略不计。

分行的结果是使天才重新得到承认。

分行,这要看是谁分的行,如何分行。李白的分行显然与张三不同。

读者再次参与进来,他们将心比心,越过韵律、熟语、意象等造成的审美藩篱,根据个人的人生经验、感受、阅读史、知识水平判断诗的好坏,而不必顾及雅驯的模式。其实雅驯已经成了平庸诗人的掩体,任何一个庸才,只要掌握了诗词格律那一套知识,就可以混成个骚人。

每个读者都是一个孔子,都有删诗的权利。但伟大的孔子是一个他者,他代表着文明的最高核准权。他代表"周"。诗三百,不是孔子的自我意志,而是他者的意志,是历史、经验、智慧、时间的意志。

自我只是一个分行的冲动,分行的结果是文。文就是诗,就是先验的诗意被照亮。文明,现在听起来很深奥,在开始的时代,无非就是野蛮人在自己身上文身以震慑野兽。

文胜质则史，质胜文则野。所以要把握中的尺度。

在数码相机没有到来的时代，照相机非常昂贵，谁有钱买照相机谁就是摄影家。现在每个人都有一部照相机，分行吧，兄弟。

分行不是诗的开始，而是结束。孔子也是一位诗人，诗三百也是一种分行，为什么是这三百而不是那三百呢，孔子既是史，也是野。

分行肯定会导致鱼龙混杂，因为谁都可以分行，不必诗人。而诗的伟大就在于它在每个时代总是一个鱼龙混杂的场。翻翻唐人选唐诗，李白、杜甫排在后100名。诗是文明的开始，也由文明来不断澄明、选择。诗是由长时段的文明选择，不是由短时段的时代选择。一般来说，时代是看不见它自己的诗的。不必担心鱼龙混杂，诗不害怕时间，杜甫早就说了，千秋万岁名，寂寞身后事。

天地无德，文明最终选择哪几行来塑造民族人性，诗教，这不是我们可以判断的事情。评奖、写教材什么的其实都是时代中的事情，但很有用，诗人也要有个饭碗嘛。

诗人要有一个先验的基础，然后分行。先验是黑暗的，这是天才、历史、传统、智慧、时间、经验在个人生命中的黑暗地带。当你分行的时候，这些就被照亮了。

黑暗深度决定光的亮度。伟大的诗人是那些生命最黑暗的人，因此光辉灿烂。

当然有专业诗人，当我说专业的时候，那意思是天生我材必有用。诗是少数通灵者的事业，绝不是只要掌握了诗歌知识就可以混的饭碗。李白是一位分行的大师，什么古风，就是抡着金箍棒分行。这个行是李白分的，那就是大雅。

分行，是一个动作。排列语词的动作。把诗这个字视为动词还是名词，是诗人和诗人之间的分行。

分行是个照妖镜。别贴什么先锋派、后现代、象征主义、垮掉、托什么马斯的标签，就是朝那浩如烟海的汉语踩一脚刹车，看看你分出的这几行，有没有感觉，有没有立起心来。没有，再狡辩也是白搭。一个悖论，读者只是读者，读者不是先锋、后X、象征派、垮掉……读者没有垮掉。读者不必知道这些。西方诗歌的策略是，拒绝读者，这有西方个人主义的悠久传统。但中国是一个他者的社会，诗承担着宗教、为天地立心的使命，抛弃这一使命的结果是，诗被关进象牙塔。在西方，象牙塔是一个沙龙。在中国，象牙塔是一个监狱。在西方，无论诗如何拒绝他者，诗人不会被抛弃，因为这是社会游戏的一项。我不懂你的作品，但我尊重你的游戏。中国不是，诗歌不能蛊惑人心，读者也不尊重诗人。诗在中国，不是游戏，与三教九流不同，诗是诗教。

拒绝隐喻就是回到分行。

隐喻就是他者，他者也是一种暴力，文胜质则史，史一旦成为雅驯，成为"存天理，灭人欲"，一旦只是玩平平仄仄平、尾韵、颔联、额联，就必须回到分行。新诗重新回到分行，看起来完全是非诗。太容易了，是的，就是如此简单。

分行使诗重获自由。

但是，自由不是诗，获得自由并不意味着好诗诞生，分行没有那么容易，分行就像一直都在押韵游戏中滥竽充数，忽然，真正吹簧管的那人来了。雅驯闪开，重新分行，天才脱颖而出。

分行是回到神话，神话是空间性的、平行的，直接就是。后现代、杜尚、波普都是一种神话方式。神话的危险是切断与时间、历史、他者的联系。但神话确实是文明的一个动力，有时候我们需要神话，当时代雅驯过度，"文胜质则史"。有时候我们需要隐喻，当时代野怪黑乱过度，"质胜文则野"。

神话就是直接赋予语词予"它就是它"的力量。直接就是。

隐喻则是一种解释。隐喻是历史的，垂直性的。历史就是他者。

言此意彼，先有一个意义的转移，这个转移就是解释，好的隐喻利用神话的直接就是，将意义的转移、换位，看起来像是直接分行。

分行，使诗从语词空转的押韵修辞炼字游戏回到兴、观、群、怨，回到比兴……这些诗歌最原始的神话功能，重新焕发招魂的魅力，获得诗最原始的巫性力量。

诗经、屈原是开天辟地的分行。李白、杜甫、苏轼、新诗是雅驯后的分行。白话诗或许是最后的分行。我不知道，只有天知道。

分行不是诗的开始，而是诗的结束。开始就是结束。

说这些有个前提，就是，诗是先验的，天地有大美而不言，世间一切皆诗，诗不是我们创造出来的，诗先于语言、分行、人的存在而存在。

诗是无，我们只是将无"分行"为有而已。

分行吧，就在你自己的时代，自己的现场。但要记住，君子三畏，第一畏是天命。

> 2008年9月13日星期六开始
> 至2008年12月26日星期五

朗 诵

难道作者在最深的房间里写作一生,为的就是最终来到这儿,面对着麦克风,由它把你的语言变成一个声音的出口?双腿有些发软,像是在接受审判,前面是一个巨大的洞穴,由那些叫作读者的岩石所组成的洞穴,诗人在黑暗深处写作一生,难道就是为了在这个洞穴面前,背着一袋煤炭,亮起来?握着麦克风,这玩意犹如一个勃起的阳具的头,那龟头表面有一层闪着暗淡光芒的金属网,我总是非常迷惑,我是否因此可以强奸这个世界,我说什么它都会洗耳恭听?我是谁?教授、总统、政治家或者节目主持人?我不由自主地放弃了母语,舌头发硬，我觉得那金属的龟头只能接受普通话，有人用方言对着这玩意儿么？例如圭山煤矿的矿工。麦克风的方向是普通话的方向，毫无疑问，我经常在电视上看到，正在田间干活的农民，或者正在修单车的师傅，麦克风一伸过来，舌头就像接通了电源似的，挺起来，变成了普通话的。

诗歌乃是沉思默想的产物，写作是无声的。我记忆深刻的是，为此我经常口干舌燥，总是没有时间喝水，我的肾因此经常被沙尘暴袭击，未被洪水卷走的，就形成肾结石，埋藏在我的肾脏里。而诗人总是被要求朗诵，把无声的诗歌读出来，配上音节。我经常面对麦克风的时候不知所措，我该用普通话还是方言，写作的时候没有这个问题，写作是无声的。地板上布满电线，犹如蜘蛛网，我就站在这蜘蛛网的中央，我的声音将要通过这些电线变成电磁波，传递出去，那最终抵达另一端的，依然是我的声音么？肯定不是，技术在模仿我的声音，它模仿得再怎么惟妙惟肖，那绝不是我的声音。技术自以为可以模仿一切，它甚至模仿河流的声音，但多么可笑啊，河流如此宽阔的空间，它企图全部塞进直径几毫米的铜蕊里去。我的喉咙可以塞进一把电线，而它却打算只用一根电缆就搞定一切。

卡拉OK为什么如此流行,因为卡拉OK是对声音的一种现场装修活动,再怎么五音不全,公鸭嗓子,卡拉OK都可以通过技术将你的声音夸张成符合美声标准的声音。在卡拉OK的庇护下,男中音、女低音什么的像美容那样大众化了,卡拉OK虚构了一个美声世界,令所有人的虚荣都得到满足。而中国是一个不喜欢原声的社会,原声在这个国家被普遍视为低级、落后、丢脸。文化的方向是改造、消灭原声,用标准的普通话,用英语。方言受到广泛的鄙视。无数外省人为自己的方言深感自卑,在电视里,方言被作为搞笑的对象,与愚蠢、闹剧、滑稽密切联系。这个国家已经被改造到这种地步,只要你在国家正式场合,例如电视台,讲方言,你就要被耻笑,或者被视为老土。所以朗诵盛行,因为朗诵当然是普通话和美声。我少年时期,经常看到中国配音演员配制的外国电影,那些外国电影里的人物,都是用朗诵的腔调说台词,他们把西方人的声音一律朗诵成那种浑厚的、优雅的、神气活现的、居高临下的,或者忧天悯人的。那种配音腔调里暗藏着配音者对西方文化五体投地的理解以及加入到其中的自豪感。那种配音之高级、典型、刺激以至我们看过这些电影就可以模仿这些西方人说话,那种腔调,你如果想侮辱某人,你也可以用这种腔调去优越于他、伤害他。而且最可怕的是,我们以为西方人都天然地讲普通话,当然我可以想象那是外语的普通话。

朗诵是这种活动,在中国,我经常看到这种可怕的场面,某人在一秒钟之前还是个正常人,当他一开口,他忽然疯掉,神经质地手舞足蹈,憋出某种暗示着"悠扬""激昂""高亢""柔情似水""多愁善感""愤怒"之类的意思的声音来。惨不忍睹。如果诗歌是自然的,那么朗诵就是做作、哗众取宠是必然的。朗诵,就是对诗歌的很不高明的谋杀。

某些诗人意识到这一点,拒绝朗诵诗歌。最低限度,用自己的原声念而已,用正常的诗人平常的声音念而已。许多诗人只是用个人原始的声音念出作品,而非朗诵。朗诵只在中国盛行。

我确实不知道需要朗诵才可以存在,或者不朗诵就不存在的东西是什么。

念,就是要让声音的释意、抒情功能降到最低。我在面对西方听众朗诵之后,他们总是可以听出所谓东方诗歌的音律之美,这是我在写作时完全不会考虑的。

音律之美与诗歌之恶。也许我的诗歌是恶之花,但它也被音律之美升华了。

中国古代诗歌的声音是人为赋予的，四言、五言、平仄押韵、字数的固定为诗歌打造了一个音乐性的外壳，这个外壳的好处，是保护了诗歌的沉默，无论如何朗朗上口，诗歌本身都是沉默的，因为韵律的程式化外壳使朗诵无法歪曲诗歌，一千种朗诵都是一首诗，诗依然是无声的。古代诗歌巧妙地通过声音的固定化，保护了自己的无声世界。

现代诗歌的声音是隐匿的，它反而是诗歌的原始形式。

没有人在写作的时候是朗诵的，没有人用朗诵的声音去写作。

把朗诵强加给诗歌其实是使它单调。

谁用朗诵的语调写他的诗，他就是一个集体的写作者。诗不是从声音开始的。诗从文字开始。汉语的优点在于，文字是文字，声音是声音，人们可以通过文字交流，但赋予文字以方言的发音。汉文字，是沉默在声音以外的某种形而上的东西。

这个问题在拉丁语言里面也许不存在。这是在根本上决定汉语诗是不能翻译的因素。汉语诗最基本的部分不是声音，不是意义，而是文字。可以模拟声音，翻译意义，但是无法翻译汉字。

汉字从在大地上画个"一"开始,开天辟地,"一"不是声音,是一画,这一画画出了"世界",上下,天地,形而上,形而下。

一不是声音,不是靠发音在人群里散布,而是靠看,看见这个图画,各地发出的是自己的发音,发音可以讹传,这个沉默着的"一",是永远不会错的。

声音,永远是方言。个性的。能够像"一"那样统一的发音并不存在,普通话对此也无能为力,一万个人的"一"的发音永远是一万种方言,否则我们就区别不出那些最标准的播音员的口音了。标准的"一"只有机器可以发出。因为声音永远是形而下的、肉体的。

一是伟大的形而上,一没有声音,但它可以在各种方言中复活。

一是无,而声音是有。

一就是文。文明是诗而不是声音。

劳动号子不是诗。甲骨文的卜卦符号才是诗。

诗是从声音中出来,成为那种无法曲解的无。

得意妄言,诗是无。文字是引领我们从有抵达无的桥梁。

诗是无。朗诵是有。文字是无,声音是有。

如果把翻译的西方诗歌用汉语拼音表达,会更接近原作。之所以总是觉得不别扭，就是一定要伪装成汉字。

汉语的视觉力量也是诗的一部分。汉语是看的。读不出来，但看得懂，这是象形文字的古老力量。

现代诗已经遗忘了汉语这种古老的魅力，它成为声音的狂欢。

声音开始，世界是无意义的，只有声音。声音只是声音，一棵树在风暴中被折断，那就是一种声音。没有任何意义，但语言出现的时候，为这种声音规定意思："折断"，就意味着伤害。语言出现的时候，世界就沉默起来。命名是一种沉默，思想。声音原本是开放的，自由自在的，语言使世界成为各种局限、类别，各种牛角尖。世界本是敞开的，命名令世界一个局部一个局部地关闭起来，彼此对立，锁定在一组组概念、数字中。风是一种声音，但风不只是声音，我感觉到风，我皮肤下面的毛孔因此抬起头来，处于呼吸的状态。但这些一旦被命名为风，它就成为某种它不在场的时候我们也可以夸夸其谈的东西。语言是沉默的，它命名一切，但一切都不在场。从声音中我创造沉默，从声音中我创造诗歌。诗歌是无声的。语言来自声音，但语言不是声音，语言是沉思默想的结果。风这个字并不是风的声音，风是一个命名，在这个命名中，具体的风那种东西，已经随风而逝，留下来的东西是可以继续思想的。无风的时候依然可以思想它，关于暴风雨的诗歌是在晴朗的日子写就，语言提供了想象世界的依据，语言是无声的。声音导致世界在纸上建立起来，但这个世界是沉默的。

朗诵就是沉默的语言进入到声音的喧嚣里去。但这声音不是原始的声音，这声音是根据意义虚构的，是对诗的一种解释。朗诵里出现的声音既不是诗歌的声音，也不是世界的声音，而是诗人解释出来的声音，是诗人的自我雄辩。我的意思是，作为诗歌的声音，它其实与诗歌无关，但它总是可以歪曲诗歌，它为诗歌虚构一种语调，把诗歌解释为平静的、激昂的等等，这只是诗人肉体血流量的湍急或舒缓，但却被听成诗歌本身固有的语调。同一首诗，从不同的音道出来，感觉很不相同，在一首诗里面潜藏着多种声部，因为诗歌的声部是无，因此它可以解释出无数的有。有诗人的声带和对诗歌的理解导致的声部，并不存在某种诗歌本来的声部，因为诗歌本身是沉默的。朗诵一词的出现，使人们误以为诗歌是有声的，但"朗"是什么？诗歌一定只有"朗"这一个音调么？"朗"是什么？（1）光线充足，明亮、明朗。（2）声音清晰响亮。是否还有阴郁黑暗的诗歌？例如"阴颂""暗颂"，任何诗歌都必须"朗诵"么？

朗诵使本来无声的，在黑暗中的声音被虚构出来，清晰、响亮起来，但写在那张纸上的，作者从未发出过声音的东西是什么？朗诵，就是假定诗歌乃是某种在黑暗中未完成的东西，朗诵才是它的出口。

每一个作者，只要一面对麦克风，不由自主地就进入一个圈套，声嘶力竭地要使自己的作品"朗"起来。由此，甚至出现了"朗诵的时代"。不能进入朗诵的诗歌，就没有存在的权力。一些诗人意识到朗诵的危险，其实那是一个诗歌的断头台，诗歌一旦配上那样的声音，例如电视台播音员的声音，那诗歌就成为声音的裹尸布下面的尸体。诗歌是无声的，但朗诵时代影响到诗人，诗人也会把自己的诗歌处理成有声的，他为自己的诗歌想象出某种时代的声音。那声音完全脱离诗人自己的肉体，例如某种巨人的声音。有的诗歌，读者想象中的声音和作者的声音完全不一致，因此作者在麦克风后面出现的时候，听众会大失所望。声音可以改变，甚至完全摧毁诗歌。

朗诵将读者转变为听众。读者是持久的，而听众一哄而散。

诗歌是无声的，我的意思是诗歌，如果赋予它声音的话，可以用任何一种声音来歪曲它。例如，某些流行歌曲，把"文革"时代某些流行的标语口号的时代最强音改变成软绵绵的靡靡之音。风的声音是无法改变的，诗歌是无声的，但它可以被世界所赋予的声音改变。有人反感朗诵，把诗歌念出来，但念出来的不是诗歌自己，而是依据一个已经先在的文本，已经开始念的人对文本的释义性抒情。客观的声音永远不存在，就是诗人自己念自己的诗歌，那也只有一种声音，而无声的诗歌，它的声音其实是没有局限的。诗歌的无声就是大音稀声。因为它是沉默着的大音，所以它可以被声音局部地分割、歪曲。一首诗可以朗诵成一百首诗，握着麦克风，你是朗诵哪一首？

一首诗歌是一个沉默的村庄，从大地的任何一个方向都可以进入这个村庄。从穿过村庄的溪流，从落日那边，从稻草堆，从猪圈，从后院，从玉米地，从稻田……

语言遮蔽了世界，存在——诗是沉默的。

诗只有一首，朗诵有几千种。每次朗诵都是原作的一次方言化、个人化，而诗歌沉默于它的普遍中。朗诵是一种与诗无关的释义表演。当朗诵进行的时候，诗是不在场的，吸引听众的是朗诵这个表演。

一幅画需要朗诵吗？但如果有人以为画是无声的，

也是很弱智啊。

诗歌不是用来朗诵的。古代的个人吟咏与今天的公众朗诵会是两回事。朗诵会是20世纪革命的产物。汉语天然就是音节富于音乐性的语言,所以才有平仄,就是五线谱嘛。平仄的律化规范了汉语的音乐性,但也束缚了汉语的自由表达。白话诗放弃了律化,反而解放了汉语的原始音乐性。诗歌并没有失去音乐性,反而更丰富了。《0档案》是交响乐。《飞行》是快板和慢板的组合。我经常哦吟自己的诗歌,但不是朗诵。

语言不是纪录声音,而是看见世界并图式化、符号化,汉字是从一这个字开始的。人们最开始是看见了世界,然后才想象世界。汉字是模仿看见的世界,而声音是一种虚构。例如日的古代写法,是画出所见的世界表象。一也许是地平线吧。但它们的发音是偶然的,可以这么发,也可以那么发。声音不是存在,是依附于存在的对存在的解释。

对于诗人,最大的诱惑来自声音的诱惑,诗歌的沉默是被动的,它只是在着,如此而已。但声音是主动的,声音可以通过技术来无所不在地侵入世界。诗歌没有任何技术,但它一旦依附声音,它就可以获得技术的支持。麦克风是一种技术,但这种技术的目的就是要歪曲诗歌,当诗歌不再沉默，喧嚣起来，诗歌很快就会被用罄。我曾经在北京参加过一个诗歌朗诵会，朗诵很快成为一种谁赢得的掌声最多的比赛，当然，在后现代的立场上，听众摔门而去，也被视为掌声。声音很快成为一种暴力，并且是越标准、越清晰的普通话越具有话语权力。能够朗诵的诗歌潜在地影响到诗人，诗人开始把诗歌尽量处理成明白易懂的。声音强大的诗歌与革命时代的高音喇叭总是有着血缘上的联系，马雅可夫斯基当然是一个革命的诗歌机器。穿裤子的云，也可以理解为戴着口罩的高音喇叭。

我开始念我的诗歌了，我依照着稿子，我虚构着那诗歌的声音，我今晚使用了一种特别抒情的语调，我指望这种语调可以打动听众，诗歌如果无效的话，可以通过朗诵来拯救。同样，优秀的诗歌也可以由于朗诵而变得极其糟糕。是否存在着某种杰出的朗诵，当然，但那是诗歌的表演，与诗歌自己的品质无关。

2002年夏天在昆明举办的那个诗歌朗诵会完全是一个标准的后现代场景，怎么都行，把什么都混在一起，没有标准，没有等级，谈不上对什么的特别尊重，就是在一个名为诗歌之夜的晚上，也没有人会对诗人另眼相看。那酒吧里烟雾腾腾，声音，声音，到处都是声音，只有诗歌沉默着，打印在不超过二十页的4B复印纸上，焦虑地等待着找到一个机会成为压倒一切的声音。每一个手机都神气活现、滔滔不绝。话题从文德斯的电影到十二点去哪里吃烧烤、"我刚刚从英国回来"、艺术学院前天的重大车祸、相对论与易经、打炮和房租，什么都有。外国人和中国人穿梭其间，喝啤酒的时候你面前站着的是一个金发碧眼的瑞典人，喝红酒的时候与你干杯的却是一个刚刚从昆明六十公里外走了六公里山路又坐着公共汽车来到这里的穿着苗族服装的矮个男子。世界被打散了，混为一谈。其实毕加索的作品早就暗示了今天的全球化，把鼻子、眼睛、嘴巴传统上分封自治的地区全部搬到一个平面上来。你很难想象在一个以诗歌为主题的夜晚，世界就像一个大集市，而且是跨越国家的。世界真的为诗歌着迷么？各种语言，汉语、昆明方言、普通话、曲靖方言、英语、瑞典语、法语、苗语都在夸夸其谈，其间穿针引线的是翻译，但你发现声音嗡嗡，人们交头接耳，犹如油菜花地里的蜜蜂，但语言却被贪污了，漏掉了，用英语要的啤酒端上来的却是汉语的"云南山泉"。我问的是法国的诗歌，答案却是关于德国导演的。但并非没有意义，似乎在模糊、混乱、大量的误读之间，人们比清晰准确如签订贸易协定的会议更能感觉到某种东西,就是被语言的移动贪污了的东西。在一个美国人那里,我被翻译成走私者,在一群英国学生中间,我是教授,而苗族小伙子认为我是师傅。诗歌也要在这中间插上一脚,它的翻译是麦克风。

我开始念我的《对一只乌鸦的命名》。我越念越发现那诗歌是沉默的。赋予它任何一种声音都只能令它更加沉默,我念得筋疲力尽,我得承认,最终我声嘶力竭,几乎失态,但我还是没有把这只乌鸦念出来。都是声音,没有任何一只耳朵听见。没有任何乌鸦,这结果就像乌鸦一样黑暗。

2005 年 5 月 30 日起草
2005 年 9 月 10 日改
2010 年再改

诗言体

诗言体。体,道体。"形即生矣,神发知矣,五性感动而善恶分,万事出矣。"(《近思录》朱熹 吕祖谦撰集)这里说的就是体,体,是诗歌的存在本身,有了这个身,知解、知识、感受、意义才能发生。

道体,就是一生二,二生三,三生万物的那种东西。

道是无时间、无是非的。道就是"在着""已经如此"的那种东西。没有理由,没有为什么"如此"而不"那般"的任何理由,无意义,无用。

诗呈现的只是语言的"已经如此",这种"已经如此"是一种元创造。它的本质是有而"无用"。为无用而创造。诗是对无用的模仿、回忆。无用之象。"已经如此"是非历史的，非时间的，无是非的，无用的。相对于历史和知识来说，诗只是一些废话。世界上最难讲的废话，整个历史、文明都是它要成为废话的强大障碍。

语言就是存在，就是世界。但人们总是从用、从工具的方向进入语言，而诗的方向是无用。

诗常常被语言的工具性所遮蔽，诗是非工具性的，而诗又是一种自成一体的语言。只有诗能够引领语言回到它的本性，诗是通过有用者（语言）创造的无用者。

通过语言来模仿沉默，诗是说出来的沉默。这是一个永恒悖论。

诗是对道体的模仿。但模仿的结果是生，而不是载道。诗是世界的语言现象，象现，而不是对世界的认识，解构。解构。

诗是一个母的。阴性。

诗是无时间的。对于在时间中的世界来说，它是反时间的。是诗的东西，没有过去与未来。所以《诗经》中的作品，我们今日依然可以被感动。所以宋词，我一直是作为现代派的东西来阅读。

汉语是世界上最具有诗性的语言,汉语的时间性很弱,这就是我们至今依然可以直接阅读汉语古代经典的原因。"古人今人若流水,共看明月皆如此。"

体,乃是世界的基础,存在的基础。存在着的,开始之地,世界的基本材料,元素。所指之所,是体导致了言说的冲动、诗歌的冲动。"凡有血气者,莫不含元一以为质,禀阴阳以立性,体五形而著形。"体并不是一个对象,所谓物质世界或精神世界,而是一种动静变化,会生的东西。

体并不仅仅是现实,它是存在。而存在是在无数的体中呈现的。人体、身体、肉体、物体、实体、具体、事体、客体、载体、掩体、文体、语体、个体、大体、主体、机体、导体、形体、解体,都有一个体。体就是象,现象、表象,而不是精神象,也不是物质象,恍兮忽兮,其中有象。

我更愿意用"身体"一词来表达我的意思,"体"这个词已经有一种脱离了身体,成为形而上的"体","体制""体裁""体式",不是"体",是"式",是数的结果。我喜欢身体这个词,有触觉,有象。式是摸不到,只能思辨的东西。盲人摸大象,摸不到大象的这个盲人因为他摸到的是身体,没有人可以摸到大象,大象在大象中其实是一个无。

恍兮惚兮，其中有象。恍兮惚兮，是整体，是大象无形，是无。其中有象，是局部，具体，具象，是有。

有无相生，如何生，要有一个身体。有身体才有感应。

意象，就是象，因为诗歌之象不是世界之象，是语言之象。意就是语言，而不是志、意义。

诗歌的志、情、察、谅、贴、味、质、理解、会意无不来自体。体裁、体察、体谅、体会、体积、体例、体态、体贴、体贴入微、体味、体现、体验、体质……诗歌的一切可能的方面，无不来自体。

几千年，说的都是"诗言志"，但杰出诗人创造的无不是体，是自成一体，而不是自得一志。（大诗人是自成一体，小诗人是自得一志，所谓"表现自我"。）袁羽论诗，是以身体而论，所以他说，以人而论，则有苏李体（李陵苏武）、曹刘体（子建公干）、陶体（渊明）、谢体（灵运）、少陵体、太白体、高达夫体（高适）、孟浩然体、岑参体、王维体、韦应物体、东坡体、韩昌黎体、李贺体，李商隐体……"夫诗有通体贵含蓄者，通体贵发露者。""观太白诗，要识真太白处，太白天材豪逸，语多率然而成者。……要识其安身立命处……"体也。

"子美不能为太白之飘逸，太白不能为子美之沉郁。"(《沧浪诗话》)飘逸、沉郁，说的是诗歌的体态。"诗之品有九，曰高、曰古、曰深、曰远、曰长、曰雄浑、曰飘逸、曰悲壮、曰凄婉。"(《沧浪诗话》都是讲体态。"谓盛唐之诗'雄深雅健'……不若'雄浑悲壮'之得诗之体也。"《沧浪诗话》)古人论诗的品位高下，是讲诗的体质，而不喜欢讲什么"高雅健康"之类的价值判断。当代诗歌不同，大学诗歌教授动不动就说，好诗都是高雅的，不讲体，讲写什么，讲是非。

"诗也者，有象之言，依象以成言。"(钱钟书)象是无言的。象成言，就是诗。

诗是象像。象，恍兮惚兮，其中有像。诗象像，像，加了一个人字旁，人就是语言，语言象。

"物生而后有象，象而后有滋（滋生），滋而后有数。"(〈左传·僖公〉)诗就是象，滋生感动、意思。数是什么，就是形而上，就是概念、公式、道理、含义、"无达诂"。

诗是语言象，而不是通过这个形象去表现另外一个外在的东西。用道理来解诗，是读者。

象，不是形象思维，形象思维只是诗歌的一种修辞手段。诗是世界的一种语言喻体，它喻的是世界，是基本的东西，无以言说的东西。而不是"志"，志是诗生出来的东西，它是三，是数。道生一，一生诗，诗生万。志只是万中之一。

在道和诗之间，喻是一个动词，一种感应，一种妙悟。喻就是模仿，诗对道体的模仿，感应，是对"生"的模仿。生是动。

"空中之音，相中之色，水中之月，镜中之象。"都要有一个身体。有体才能载。是体载，而不是载体。体载，体是本。载体，体是用，小器，工具。

但在我们这个时代，诗言志统治着诗歌，诗是一个东西，志是一个东西，诗只是为了说出志，诗是次要的，工具，手段，过河拆桥。只有"兴、观、群、怨"，歌功颂德，才能最佳地体现工具的作用。鲁迅曾经对"诗言志"进行过批判，"中国之诗，舜云言志，而后贤立说，乃云持人性情，三百之旨，无邪所蔽。夫既言志也，何持之云？强以无邪，即非人志。……抑于无形之圄囵，不能抒两间之真美。"（《摩罗诗力说》）

诗言志把诗歌从"无用"升华成"用"，诗成为"应该如此"的传声筒。

"诗言志"，只是诗歌的一个派生的功能。"诗言志"

使诗歌成了没有身体的语言游戏。诗歌成为志的载体，成为器之一，摆渡者，工具，桥梁。得意妄言，言是本，离开了言，意如何在？在读者，是得意妄言，在诗，只是言。"诗亡而后有春秋作。"在开始，诗只是声，只是能指。

"以气为主""建安风骨"都是讲体。

在诗言志中，象被理解为"似"，就是所谓"比德"，"孔子观于东流之水。子贡问曰：君子之所以见大水必观焉者，何也？子曰：夫水，大遍与诸生而无为者，似德；其流也卑下，裾拘必循其理，似义；其光光乎若不屈尽，似道；……似勇、似法、似正、似察、似善化、似志。"《荀子·宥坐》似，并不是诗歌的身体，它只是读者阅读诗歌之后的"创造性的反叛"。它是诗歌的身体（象）生殖出来的东西。"象而后有滋（滋生），滋而后有数。"

诗说的是"已经如此"，志却是"应该如此"。志是判断，诗只是呈现。

"幽草生于涧边，君子在野，考磐（指隐士）之在侧也。黄鹂而鸣于深树，大人在位，巧言如流也。潮雨本急，春潮带雨，其急可知，国家患难多也；晚来急，危国乱朝，季世末俗，如日色已晚不复光明也。野渡无人舟自横，宽闲之野，寂寞之滨，必有济世之材，如孤舟之横渡野渡者，特君相不能用耳。"这就是诗言志。朦胧诗深受这种影响，我曾看到一位评论家开出的某朦胧诗人的诗歌词汇所指表，犁头＝春天，黑夜＝"文化大革命"云云。

象是道体的语言表象、宇宙本原的语言表象、世界的语言表象、存在的语言表象、造化的语言表象。它自己就是一个自由的象，一个自在的道体，它与道的关系是"邻近性"，它是道的转喻，另一个生殖之体，而不是道的隐喻、象征。

它是一个生殖创造的身体，未知的、混沌的、黑暗的。志则是既定的、知道的、知识、体式、数。

诗并不是抒情言志的工具，诗自己是一个有身体和繁殖能力的身体，一个有身体的动词，它不是表现业已存在的某种意义，为它摆渡，而是意义在它之中诞生。诗言体。诗是一种特殊的语体，它是母的，生命的。体，载体，承载。有身体才能承载。犹如大地对世界的承载，生而知之的承载，诗是这种承载的一个转喻。没有身体的诗歌，只好抒情言志，抒时代之情，抒集体之情，阐释现成的文化、知识和思想，巧妙地复制。我理解的诗歌不是任何情志的抒发工具，诗歌是母性，是创造，它是"志"的母亲。

陆机看出"诗言志"的荒谬，提出诗缘情。诗是因为有情，情是什么？不过是一些语词的长吁短叹，诗把它抒发出来，诗抒情。其基本结构与诗言志一样，是有一个先验的、无象的东西，然后诗去包装、摆渡它。诗依然不是本，而是载。但诗缘情比诗言志毕竟要柔软一些。情离身体更近一些，志完全是形而上学，思想、逻辑、知识，另一个体系，压上来就把诗歌活活压死。

"义生文外""情在辞外"，刘勰说的就是，情、义都是诗之外的东西。其实就是说"诗到语言为止"。

几千年，诗是靠自己的体活着，诗人靠灵光（"灵光"，拉丁文 Aura 本雅明的说法，在一定距离之外，但感觉上如此贴近之物的独一无二的显现，其鲜明特点是若即若离和独一无二性）悟到诗是什么。因为对于诗人来说，诗从来不是一个对象，可以使用工具、技术、"复杂的诗艺"来进入的对象。诗是一种生而知之的东西，它在诗人的舌头后面的黑暗中等着灵光。

如果诗歌一直跟着诗言志，跟着知识走，诗早就死了。我认为，我们这个时代"诗言志"至高无上的地位已经遮蔽、窒息着诗歌。所幸者，在创造者那里，诗歌的诞生一直靠的是灵光，而不是理论、知识。

20世纪开始的中国汉语新诗,就是一次诗言体的革命,它革的是体,要创造的也是体。它不是革志的命,志的命是革不掉的,因为志是无体的、变化无常的东西。从古体诗歌滋生的志,也可以依附在新诗的体上。其实志是一个没有命的东西,它是无。它只能被"体现"。

诗是那种,这些语言一旦如此呈现,它就能滋生、感动。"天地之间只有一个感与应而已,更有甚事。"(程颐)

在中国传统中,诗的地位是靠道家的说法来支持的。而儒家的理论往往是诗歌的敌人。道家强调体,儒家强调用。体是不言自明的,用却喜欢喧嚣。所以说起诗来,都知道"诗言志",而看不见那是一个体。

诗言,乃体。

20世纪是一个言志抒情的世纪。抒情言志成为诗的代名词,这与"诗言志"被视为诗歌的唯一功能有关。诗成为志、情、意义的传声筒。诗是一种抒情言志的工具,先有志(思想、感情、意思),然后通过诗的形式(造句方法)来表现,把本来虚无缥缈的"情",抽象枯燥的"志"装修得形象、优美、高雅、顺口一点。

20世纪是一个意识形态的世纪,就是讲"志"的世纪,所以"诗言志"得以大行其道,派生的东西遮蔽了本体的东西。

"诗言志"的志,据闻一多考证,在最早时,志的意思"记录""记忆"和"怀抱"。我认为后来意义上的志,是从读者理解的角度来讲的,是一个读者对"被记录下来的东西"的读后感。从根本的意义上来说,"记录""记忆"和"怀抱"的含义都是"有"。"怀抱"乃是有,抱一而终的抱。从怀抱到志,已是隐喻的用法,已经不再有,而是无。诗和志,本来是有无相生,"诗言志",无遮蔽了有。

诗言志,诗只是一个工具,它的目标是说出"志",志是什么?无邪。无邪是由谁规定的?时代、道德、知识。诗歌就是这么成了大臣和宣传机器的。也种下了向知识谄媚的祸根。

"心,一也。有指体而言者,有指用而言者。"(《近思录》)"诗言志"一出,诗歌标准就向"用"一方倾斜过去。"诗言志"是把诗歌变成用、变成器,以诗来歌功颂德、获取功名,甚至曾经成为科举考试的一个重要项目,盖由于此。

志是所指。所指的黑洞。这导致了汉语的无所不在的隐喻。拒绝隐喻,就是要使诗歌回到身体,回到身体的写作。回到"志"来的地方。诗歌是体,而不是志。

但诗和志被颠倒了，志成了写作中至高无上的君王。这种关于诗歌的单向度理解，成为教材中诗的定义，成为当代读者对诗的理解，也成为我们时代的诗歌体制。"诗言志"在20世纪依赖制度得到放大，冒充着诗歌本身，它遮蔽了诗歌。在古代诗歌中，"诗言志"并没有今日这种几乎成为常识的地位。

在"志"的统治下，诗歌丧失了昔日与体的相依为命的关系，"志"成为一具没有身体的形而上学的意志空壳。体之不存，毛将焉附？

诗来自诗人对道的体会，道不是道理，更不是志，是"道法自然"，不是文以载道的道，是开始之道，世界万物之道。生殖之道，无理之道。

诗人害怕，关注的是使他害怕的东西，因此隐喻盛行，"比，见今之失，不敢斥言，取比类以言之；兴，见今之美，嫌于媚谀，取善事以劝喻之。"（《周礼·春宫·大礼》）

当代诗歌教授说，好的诗歌都是高雅的。外在于诗歌的"高雅"是什么？怎么得出来的，知识。"高雅"是已经知道的，而诗歌是不知道的。诗歌绝不是向"高雅"或"世俗"流去的，它只是"随所至而与俱流"。它不知道要流到哪里去。它先有一个体，才能流到"高雅"去，高雅不是诗歌本身。"好的诗歌都是高雅的"就是今日大学诗歌教材中诗歌一词的意思，当然"高雅"的同义词还有"高尚""有益于"等等，一言以蔽之，诗无邪。

"意伏象外，随所至而与俱流。虽令寻墨者（用志、意义、理性思维等去知解的人）不测其绪。……唯有定质，故可无定文。"（王夫之）这里讲的质，就是体，体是活的，志是一种从知识得来的死东西，被诗歌的活体激活，才出现所谓"诗无达诂""一千个哈姆雷特"。所谓创造性误读，志其实来自对诗的误读。

误读，是因为迷信存在着正读、正解。在我看来，可以正读、正解就是劣诗的特征，好诗永远只产生"误读"，因为它是不知道的，母的。劣诗才是知道的，一目了然的。当代大学的诗歌标准其实是劣等诗歌的标准。

袁羽说："夫诗有别材，非关书也。诗有别趣，非关理也。"说的就是诗不是来自知识，但"非多读书，多穷理则不能极其致"，这是诗之外的东西。知识是进入历史的途径，但诗人永远要有一种非历史的力量。知识对于诗人，其作用只是"什么在遮蔽着诗歌"？

诗乃道，非常道。道是中，左歪一步就成志，右歪一步就是无言。无言也不是诗。诗是说出来的东西。但这个东西不是诗说的什么,而是诗自体,说出来的诗。

体,言有尽而意无穷。体,世界一旦具象,它就是有限的、有边的。但它给读者的感应是无边的。所谓辞约旨丰。恍兮惚兮,其中有象,象就是具体。具体的东西才有象。但象又在恍兮惚兮之中,那是感应,感应是不具体的,所以无边无际。志是不具体的东西,它是象造成的恍兮惚兮之一。

"诗言志"是无象的写作,它必然与此地、现场、当下、手边无关,它必然是"生活在别处"的写作。

诗言志只看到诗歌作为语言之用的"传播"这一面,忽略了它是无用的和对沉默者的模仿这一面。

没有体,志只是一具可以任意肢解、没有质地的尸体。我们这个时代流行的用知识写作,就是这样一具没有身体的诗歌尸体,我叫作无体写作。俄罗斯诗歌自有它那些"基本情绪"得以产生的象。流放,不是一种抽象的命运,而是具体的身体在冰雪茫茫的西伯利亚的荒原上一步一步踩出来的脚印,是流出了鲜血的脚趾头。俄罗斯诗歌,是身体的诗歌,它的志之所以动人,是因为有同样动人的舌头、四肢和被严寒冻得通红的鼻子。脱离了俄罗斯诗歌的身体,只是把它作为一种所谓的"普遍知识"拿来,导致的只是无体的写作、无性的繁殖。但写作者必然是有身体的，它的身体必然与他模仿的知识错位，无象。

没有身体的"志"，可以随便错置、误读、移位，可以把麦子嫁接在无缝钢管上，把大象和浴缸联系起来，因为它从不具象，玩的是恍兮惚兮其中无象的无限游戏。我们这个时代诗歌中的小聪明，就是这种把"志"当作游戏来玩。因为它是无体的，剪辑、嫁接起来比外科手术更容易。可以把各种风马牛不相及的"志"轻易移植过来。所以，在我们这个时代，诗歌是一种阅读的比赛。所谓"先锋派"，就是他比别人阅读得更多，更冷门，或者更抢先一步。最有时效性的阅读当然莫过于跨语言的阅读。

翻译之所以是不可能的，就是因为它是把"志"和"体"肢解的技术。翻译总是把志、思辨的东西、机智的东西翻过去，对体毫无办法，它无法翻译诗歌的体态。杰出的翻译是因为译者已经创造了一个体，但这个体不是原体，它只是邻近性、转喻的。西方诗歌的资源对于我们其实只是"志"的资源，认识世界的角度，至于体，连一根头发丝都翻译不过来，但它却成了我们这个时代一些诗人的"写作资源"，因为对于没有身体的写作来说，只要"志"就足够了。英语的身体怎么进入得了汉语的身体？有人说，英语不是使日语变成了一个杂种了么，但那是一个怎样的杂种啊，用原料染黄了的头发，用硅胶加长的生殖器，外表一致，但是散失了诗歌身体最基本的感应和快感。

弗洛斯特说，诗就是翻译中失去的东西，他说的是体。而庞德相反，他认为"诗的哪一部分是'不可摧毁的'，哪一部分在翻译中不会失去"。庞德说的是"志"，志是无体的东西，所以它不可摧毁，志是通用的、虚无的东西。同样的志在小说、论文里都可以出现。

诗是转喻的。志是隐喻，是派生出来。共同者只是喻。一个是喻之在体，一个是无体之喻。

诗言体：

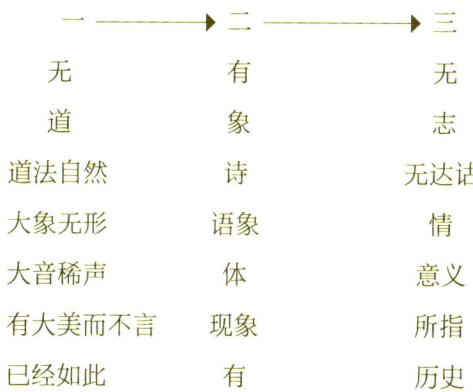

无是非　　　具体

　　　　非历史的

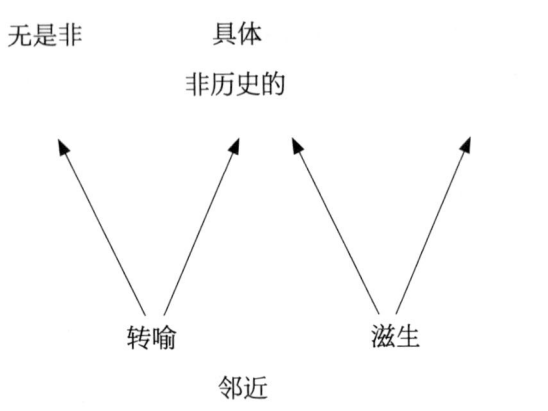

　　　　转喻　　　　　滋生

　　　　　　邻近

生　　　　生　　　　发（创造性误读）

诗言志：

三	二	三
无	用	无
知识	形象思维	意义
志	比喻	达诂
情理、道理	工具	主题思想
价值判断	桥梁	无邪
无体	抒发、教育	德
无象	无体借助形象	历史

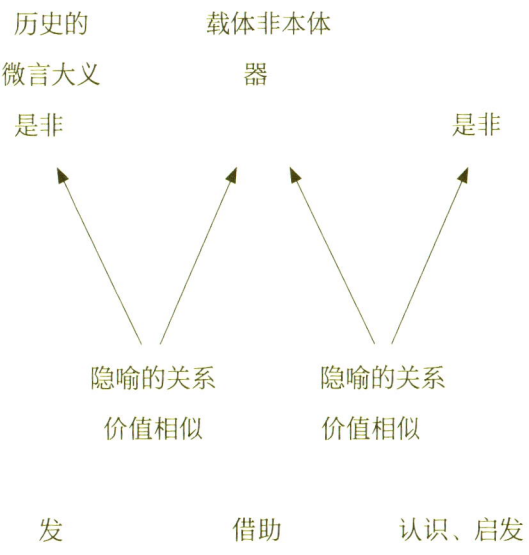

例如,在诗言志,用黑暗来隐喻专制时代,依靠的是"黑暗"的相似性,黑暗怎么相似于专制呢?这是无。这是来自知识、文化和历史,来自价值判断。它不是象的相似,而是价值的相似,这就是用。因为黑暗和专制根据某种文化的价值观,都是不好的、坏的。

在诗言体,它是道法自然,无言到有言,无象到有象。"白日依山尽,黄河入海流,欲穷千里目,更上一层楼。"它只是一个象。有物混成,先天地生,它只是说出了"在着""已经如此"的东西。常识。直接就是。

某种站得高望得远的意思,是滋生出来的,你看不出这一层,也无损此诗的气象。它只是能指。它与道的关系是转喻的。只是邻近,而不是相似。邻近,就是它自己是一个母体,但可以感受到它和道的那种关系,它是对道的模仿,但道是不可见的,它以可见的方式模仿了道,把道具象了。道的方式呈现于诗歌中。所谓"恍兮惚兮,其中有象"。道是包容,整体的。象只是一个局部的、具体的、偶然的、碎片。无象的存在到有象的存在,但不是整体的存在。

想象力,无象的虚构。它的支撑点其实是志。凭空而又要象,控制想象力的东西不是自由,而是"什么",象什么。想象的本质其实是:思想像。无语言的想并不存在,那么这些先于诗的想是什么?彻底的想象只是恍兮惚兮,如果它既无象,也不载道,它就是猩猩创造的东西,它进入不了世界。想象力要进入世界的唯一途径,只有通过言志。反对想象力,就是拒绝隐喻,所谓想象力丰富的诗歌,其实只是语词的空洞喧嚣。

诗是小道,因为它是对大道的模仿。它是象,象永远是局部的、片断的。它不是整体,它只是邻近整体。它是二,不是一。

道生一,一生二(象),二生三。这是一个三的时代,三的世界。

世界3的写作 波普尔也有世界1,世界2,世界3。他把世界分为物质世界1,精神世界(精神活动、潜意识等等)2,精神产品知识(图书馆、作品等等)3。与中国道家的一、二、三不同,在道家那里,一,但不仅仅是物质世界,它还有"生"这个东西,一个无但可以生有的东西。所谓物质世界是西方思想传统把世界对象化的老生常谈。一,乃是"在着",是动词也是名词,在"道体"中,道体从来不是被当作一个对象来谈论的。二,是有,是说出,道出,就是象。三,我以为与世界3有相似之处。3是世界的产品,在波普尔看来,3,也是一个自主的世界,因为产品也是有生命的,它也可以影响人们对世界1和世界2的看法。但世界3的写作会遮蔽了道法自然的写作。我并不否认从世界3开始的写作可能已经是当代写作的唯一出发点,在产品中写作,这时代的宿命,因为"我们居住在世界3中"(波普尔)。我们是世界3塑造的。学校、教育无不是世界3的工具。但世界3的本质乃是无。它并不是世界的体,诗人存在的必要,就是他们与其他人不同,他们从来不会忘记这一点。芸芸众生早已在世界3中"此间乐,不思蜀"了,但诗人不能忘记世界乃是道法自然的结果、创造的结果、生的结果。世界3只是产品。世界3的写作意味着我所理解的诗已经死亡。袁羽说:"诗有词理意兴,南朝人尚词而病于理,本朝人尚理而病于意兴,唐人尚意兴而理在其中。汉魏之诗,词理意兴,无迹可求。""汉魏古诗,气象混沌,难以句摘。晋以还方有佳句。"这里说的就是世界3的写作,因为器之用进入了诗歌,已经不是道法自然的混沌气象了。

所以诗歌的方向应该从世界3后退,反抗世界3的暴力。这种反抗的活力来自"道法自然",只有"道法自然",诗才会获得创造的冲动、生殖的冲动。世界3的价值其实依然在于它在何种程度上"法"道。放弃了世界的意义所在乃是"道法自然"这一基本的东西,世界3就只是一堆语词的喧嚣。恍兮惚兮,其中无象。

世界3的诞生在于道法自然,但世界3的存在对自然却是一个最大的威胁,它是大地的产品,但它的存在却是对大地的毁灭和打击。这是我们时代最荒谬的处境。

世界3的写作,就是没有身体的写作。无体写作,乃是这个时代写作的普遍趋势。这种趋势的形成,与20世纪的历史有关。60年代的"文化大革命",在我看来。乃是一场镇压身体的革命。在这场革命中"志"获得了空前的至高无上的地位,其地位至今依然牢固,余孽辈出。在革命中，身体，以及它所赖以生存的大地、日常生活、日常语言（口语）无不遭到粗暴的镇压。在1966年，一把梳子都可能成为罪行，一只避孕套就可能成为被流放的原因。我曾看到《南方周末》关于演员赵丹的报道，这位中国著名的电影演员在"文革"中身陷囹圄（不是隐喻，就是关在监狱里）的时候，由于在口袋里被搜出一个两分钱的硬币，就被迫就这两分钱的动机、立场、倾向、灵魂深处、思想、精神境界……与"志"有关的形而上部分写了数次检查，被看守打骂，身体受到最低贱的对待。

1966年的革命最成功之处，就是使"身体"以及它所依附的一切都成为使中国人谈虎色变的贬义词。日常生活、世俗、性、小家庭、小市民、吃穿玩乐、口语。在这场革命的正面，这场革命是没有身体的，它大量造就了没有身体的群众。在这场革命的背面，是被折磨的像鬼魂一样的身体。

中国古代诗歌是非常肉感的。它来自音韵的快感并不亚于文字的意思所传达的快感，并且所指传达的快感也首先是快感，是所指的愉悦，而不是深度。意思的深刻并不重要。"漠漠水头飞白鹭，阴阴夏木啭黄鹂。"可以说没有什么意思，就是描写一种情景，但语词产生的愉悦是很强烈的,它给读者的感受是直接的,不需要形而上的思考就可以直接感受到。

现代诗歌则是一种智性的诗歌。它不是肉感的,而是智性的。说什么比如何说更重要,说什么,就是"要有出处"。它是"意义的游戏""深度的游戏""机智的游戏""思辨的游戏"。"蒙太奇式的语词积木组合游戏","言有尽而意无穷,近代诸公乃作奇特解会,逐以文字为诗,以才学为诗,以议论为诗……不问兴致,用字必有来历,押韵必有出处……"

我以为,现代诗歌应该回到一种更具有肉感的语言,这种肉感语言的源头在日常口语中。"我手写我口"(黄遵宪)。口语是语言中离身体最近、离知识最远的部分。但是,不能迷信口语,口语不是诗,口语绝不是诗,但比书面语,它的品质在自由创造这一点上更接近诗。"口语诗"的说法是错误的,其结构和"诗言志"一样,先有一个东西,然后诗来过渡。对于诗来说,口语是一个志,其实今天许多所谓的口语诗,是把口语作为一种"志"来利用的,它的平民性啦、世俗性啦、后现代性啦……不都是"志"么?口语对诗的真正启示,自由的、充满活力的、富于创造性和生殖力的、非历史的、无时间的、自生自灭的等等这些方面倒往往被忽略。口语只是一片丰富混乱的语言沼泽，它显然比已经以"载道"自负，在课堂上传授知识的书面语更具有活力。不道德的、无耻的、生殖的、没有规则的、毫无意义的音节，人们肯定是在口语中性交而不是在书面语中性交，在口语中出生、过日子，而不是在书面语中出生、过日子。口语是一种最容易唤起我们生命本能和冲动的语言。但不要忘记，我们是在世界3中写作，我们的口也是世界3的产品。口语只是一种记忆兴奋剂，复苏我们对身体、自然和母语的记忆，它的功能和性一样，它并不是诗本身。口语是不确定的、混沌的，对于词典来说它常常是非法的。词是产品，口语则是一个生殖过程，它可能会成为词，也可能自生自灭，它在已经明确了所指的词和黑暗的无言之间，它还有着生殖过程的不确定性，乱说，快感，无意义，这些特征正可以激发诗人的创造冲动。

但诗，如果像口语那么直截了当、了无牵挂、清晰、生动、那么毫无意义，那么，它肯定是好东西。

虚构，诗本身就是虚构的。诗就是虚构之象。这虚构其实就是对道的一种虚拟。因此诗应该直接就是。它无所谓客观的主观的。在客观和主观的区分上，强调所谓"站在虚构的一边"，这是修辞学。王国维说有我之镜，无我之境，是从读者的角度说的，那是世界3对诗的认识。产品的产品。有我无我容易生出是非,而道是无是非的,诗是无是非的。

诗歌中始终存在着两种倾向的斗争。古代亦然。诗歌之身与形而上的"言志"倾向的斗争。歌德所谓生命之树和理论之树的斗争。天才的诗人写作和读者的知识写作的斗争。有性的,生殖创造着的身体写作和无性的,只是对知识的形而上体系加以修辞式证实的写作的斗争。后者的力量更强大,它有着体制、制度、时代、图书馆和历史造就的读者的广泛的支持,前者是孤独的、自生自灭的、非时代、非历史的,它仅仅依靠自己的力量呈现自己。它会被历史选择,但更会被历史埋没。非历史是它的力量之源,但进入历史或被历史遗忘都由不得它。

诗歌之身代表的是诗歌与世界开始的关系,与大地的关系。而形而上代表的是诗歌进入历史和文明的愿望,成为知识的愿望。诗歌总是从身体出发,然后向知识上升。诗歌必然是上升的,它要进入历史,在历史中发言,它就要上升。但这有一个限度,越过了限度,它就脱离大地成为知识。诗歌的位置在大地和知识之间,它启发知识,但不是知识,它立足大地,但不是沉默。它是说,但不是形而上的说,而是有身体的说。它不是语言的寺庙，但它会给人以神圣的印象。这不是由于它说了什么，而是这种方式。这种只有少数人能掌握，又为多数人可以倾听的方式。

此时代的情形依然是，"诗言志"是教材、大学诗歌教授和批评家的"诗歌制度"，而在诗人们的写作中，"诗言志"已经式微，它只是劣质诗歌的标准。诗歌和所谓诗歌标准背道而驰，诗歌受到冷落，因为它完全偏离了读者们习惯的"诗歌制度"。

在中国古代诗歌精神中，重视的是"诗关别材"，中国诗歌推崇的是天才，天马行空，悟性。"工部明密有法可寻，青莲兴会标举非学可至。"（袁羽）天才，就是说，他的灵光来自生而知之，妙悟，而不是来自学习、启蒙。知识只是用，进入世界的工具，不是本，诗歌不是为了证实知识、历史，而是通过知识进入世界，是创造那种会被知识和历史整合的东西。诗歌是一种"非历史地感受事物的能力"（尼采），在中国诗歌中李白总是第一等的风流人物，诗人写作。"问君何来太瘦生，只为平常作诗苦"的杜甫则是集大成的世界3的写作。

我深知我是在杜甫中写作。但这不是可以停止创造的借口。"杜甫"的意思是，知其不可为而为之。因此，我可以把世界3的写作加以区分，"在杜甫中写作"和

"知识写作"。在这个时代,杜甫就是"诗关别材"。杜甫的世界3不是无象的,他有一个现实世界,与李白的"道法自然"不同,但杜甫还是象,而不是凭空想"象"。世界3的写作是文明发展的必然结果,但它必须"道法自然",在世界3中创造,这创造可能不是存在,不是"已经如此"而是"被如此",但对具体于历史中的个人来说,这个"被如此"依然是"已经如此"。它的立场已经无法是"顺应",无法"顺应自然",因为那是一个被异化了的东西,因此,世界3的写作必须有一种反讽的姿态,否定、批判而不是顺从的姿态。但对于世界3,杜甫的写作,本质还是道法自然,他才有体。诗人应该记住这一点,世界3并非本源性的世界。世界3"道法自然"必然对这个反自然的世界3的乐观主义持坚决的怀疑态度。

与古代世界存在的写作不同,我们时代写作的创造活力只来自批判。有价值的世界3的写作只能是批判的写作。

世界3的写作就是解构的写作。但它解构的是世界3。通过对世界3的解构回到世界1。其创造过程不同,但是还是要"道法自然",归于"一"。解构世界3的时间性、历史性,回到非时间的、非历史的状态。

中国诗歌潜意识中总是认为李白那种"非学可至"的东西才是第一流的。这与英语诗歌不同，英语诗歌的出发点不是道法自然，而是把诗歌作为认识世界和真理的一种特殊的语言方式，因此英语诗歌在开始的时候就是长于思辨、叙事、机智。"诗人是自然的解释者和判断者，能教人神圣之理和人生之理，也是行为之师。"（英国诗人琼生语）那种把诗歌视为"把玫瑰不是作为一个概念而是一种感受的"（艾略特）的写作是后来才出现的。而"红杏枝头春意闹"这种感受方式是中国诗歌的基本东西。西方把诗人视为知识分子，更重视知识写作，而不是天才写作，这个传统一直潜在，艾略特·庞德、博尔赫斯都是知识写作。荷尔德林也是知识写作，只是他的知识是来自上帝，我们感到神秘，把这种神秘当作天才罢了。狄金生、弗罗斯特是天才，但他们的影响力肯定不如艾略特·庞德。金斯堡是有身体的大诗人，但却要庞德承认他的地位。通过知识来扩大诗歌版图，这是庞德诗歌的一个特点，《比萨诗章》是知识野心（志，志在必得）的膨胀，诗没有多少。云南丽江，对于庞德来说，只是一个无，但他通过《美国国家地理杂志》中洛克博士的探险记，写了丽江的诗，俗烂的意思，套在一个陌生的地名上，经验却是美国西部的风光得来的。中国古代诗歌则讲究"象",象是一个具体的具象,诗歌的限制,王夫之所谓"身之所历,目之所见,是铁门限"。因为中国诗歌强调的是道法自然,英语诗歌强调的是人,人可以征服一切,想象一切,那是一种前进的、指向未来的诗歌。汉语诗歌则朝向过去、大地、自然、一切过去的过去。20世纪受西方影响,知识写作盛行,所以汉语诗歌的非主流传统——诗言志(它的影响主要在诗论,而不在创作)得以大行其道。

就诗歌的现实处境说,我可以说我主张的某些东西有着俄罗斯"阿克梅派"的色彩,在此文完成时,我在《阿赫玛托娃传》(四川人民出版社2000年8月第一版)中首次看到了阿克梅派的诗歌纲领:"阿克梅艺术的首要条件就是它对世界看法的清醒性,合理的现实性。……象征主义们所特有的那种朦胧的模糊性、不确定性和语词的变化无常,应当被语词意义的清晰和确定性所代替,语词的含义就应当是它在现实人们中使用的实际语言的含义:具体的对象和具体的属性。""在阿克梅派诗人那里,玫瑰以其花瓣、芳香和颜色而显示出自己的美丽,它的美不再借助于神秘的爱情或其他什么臆造出来。"象征主义可以说是一种"无象的写作",阿克梅派强调的是方法,但我以为这后面也有与诗歌本质有关的东西,就是诗歌的"其中有象",诗言体并不否认那种"恍兮惚兮"的"无""不可知",但要其中有象。

诗歌乃是生而知之者的活计。但这一真理已经被知识写作遮蔽起来。这个世界是知识在统治着,知识就是阶级、就是成功、就是财富。因此需要那些生而知之者发言去告诉世界,还有知识无能为力的东西。诗歌是一种语言的巫术,不是靠"学而时习之"可以获得的。你可以通过博士论文成为博士,但你不能通过同样的东西成为诗人。"当代诗歌是在学院",是对诗歌的本质无知者的痴人说梦。

20世纪是一个"维新"和"拿来主义"的世纪。"拿来"和"新"的意思,就是要进入"尺规","大地上是否有尺规,绝无。"(海德格尔)

这是所谓"从善如流"的时代,已经有一个"善"在那里,知识分子做的事只是"从"罢了。所以诗言志,志就是善,就是无邪,就是知识。诗言志导致了我们这个时代盛行的知识写作。

其实这是一个敌视诗歌的时代。因为诗歌拒绝从善如流,她是一个母的,她要生自己的,她拒绝计划生育。

如果从善如流,那么从善就是了,要诗歌干什么。

"资源共享"？人家创造，你来共享，你享就是了，要诗人干什么？

美国维尔·杜伦把中国历史分为三个时代，哲学家的时代（先秦、两汉），诗人的时代（唐宋），艺术家的时代（明清）。如果还有些道理的话，我以为今天则是知识分子的时代、读者的时代。那三个时代共同的特征是，它们都是创造的时代，道法自然，抱一。三个时代是一。知识分子的时代则不然，这是三的时代，其特征不是创造，而是拿来。把已经造出来的东西"拿来"。"有福共享"。对于俗人这无可厚非，对于诗人这是耻辱，这个"福"并不是你创造的。

知识，就是那些已经造出来的东西。尺规。"拿来"，就是知识时代的特征。丧失了造化之功，散失了创造力，诗不再是母的。花言巧语就是要把"一"遮蔽起来。

接轨，就是已经先有一个轨，然后接上去，其根子在诗言志。技巧，诗艺，已经遮蔽了一。三被当成了诗。"以文字为诗，以才学为诗，以议论为诗……用字必有来历……"问题比严羽的时代严重得多，这种倾向已经成为时代精神，因为这个时代的出发点不是造化，而是拿来。本本主义不是什么左派的特点，而是这时代所有知识分子生存的基础。

知识写作其实就是"诗言志"的写作,无非把那种歌功颂德的"志"换成了国际标准的"志",而"国际标准"就像"共和国标准"在1949年使艾青、冯至这样的诗人都放弃了诗歌而投奔革命那样,对过去20年的写作者,尤其具有魅力,他们可以在这个"志"中做他们的"世界公民"之梦。

"拿来"还是一个老实的说法,承认这个动作,我没有拿人家的,因为人家用我没有的东西欺负我,以其人之道还治其人之身。比偷要老实。到"本本主义"已经骨头发软了,改祖换宗了。到"资源共享""接轨"、复制盗版一流,就等而下之了。拿来主义固有其历史的合理性,但它也开始了中国思想害怕创造的历史。中国的传统本就有迷信历史的一面,虽然那历史的活力都是来自非历史的力量,但拿来把中国这种向后看的传统中的后,换成前,西方虽然是当下的,手边的,但我们却把西方当作"六经"、历史、知识、尺规,而不是非历史的态度,创造的态度。而是把西方像一个经典的"古代"那样"拿"。而忽略了西方文化的前瞻性、不确定性、实验性。20世纪西方已经出现了像尼采、海德格尔这样的对西方的实验和"未来主义"表示否定的哲学家。但中国对历史的迷信并不知道他们在说什么。他们怀疑的东西我们并不怀疑,因为说到底,他们的说法在中国乃是无象的。

诗歌一旦意识到它离大地太远,开始飘起来,不再是上升(上升是气的结果,但飘则是形神俱散),它就应该向下,努力回到大地上,这是诗歌内部的一种斗争。飘绝不是上升,飘的动力来自虚无,但上升的动力则来自大地,来自身体。"人之生,气之聚也。聚则为生,散则为死,通天下一气耳。"(《庄子·知北游》)"文以气为主,气之清浊有体。"(曹丕)

隐喻,进入历史的欲望就是成为隐喻,上升就是进入隐喻。

成为象征、符号。隐喻的终点乃是词的死亡。隐喻有两个方面,一个是普遍的,诗歌就是"道法自然"的生殖和创造导致的一种喻体,喻的意思是"法",在这里,喻不是进入历史,而是脱离历史、反抗历史,从知识的水泥中长出芽来。这是诗歌的最原始的喻,对生命、身体的喻。但一旦它企图进入历史,成为所谓符号的一部分,那么死亡就开始了。在这里,隐喻有两种用法,它是一个动词,它是一种有生命的状态。一种状态。另一种用法,符号的,名词的。它是一个完成式。定格。

诗歌的崇高使命,就是要反抗尺规,包括诗歌的尺规。诗歌的世俗使命,才是维护美、高雅等等美学史总结出来的"尺规"。

反抗尺规就是回到大地,回到道法自然。创造体。

诗歌的速度是步行的速度,没有时间的速度,大地上最初的速度。它不慢也不快。但在今天我说它是慢的,与这个高速的时代的普遍速度比较,诗歌的速度必然已经变成了慢的,因为它拒绝跟着时代和时间前进,它依然是步行的速度,赤脚在大地上抚摩的速度。诗歌的速度是万物开始和生长的速度,一条鱼在深水中的步行,一头豹子的步行,一朵花向着开放走去的速度。诗歌的速度是对此时代的普遍速度的反讽、悖谬,因为它依然是世界的先知。

这是知识而不是造化的时代。因此在此时代谈诗,只是在谈论过去时代存在过的一个对象。进入诗,要从三回到二,体悟一。去蔽,后退,反抗知识的暴力,这需要方法,后退、去蔽要有方法。拒绝隐喻,以其人之道,治其人之身,这是没有办法的事情。这不是命名的时代,而是释义、正名的时代。

诗以自己的身体说话。在这个身体上,不需要另一个自我表白的舌头,诗自己直接呈现在语言中。

诗是没有舌头的自言自语,诗不思考,它自身就是一切。

我不是要标新立异,也不想自圆其说。我只是在用我自己的舌头重申某些常识。

恍兮惚兮,其中有象,这就够了。

2000年3月至12月底

棕皮手记·拒绝隐喻
——一种作为方法的诗歌

最初,世界的隐喻是一种元隐喻。

这种隐喻是命名式的。它和后来那种"言此意彼"的本体和喻体无关。最初,世界被命名为一种声音,那个最初的人看见了海,他感叹道,嗨!他说的这个声音和他眼睛所看到的、目击的事物是一元的。在这里,能指和所指尚未分裂,它们密不可分。说"嗨!"的人并非想到或思考了海,他仅仅看到了目前的海。海获得了一个人的音节,在这里,海是一个能指的所指,能指和所指都是目前的海,"嗨!"是一个元隐喻。

之后,这个最初的人把"嗨!"通过字和读音转达给一个"嗨!"不在他眼前的人,第二个人。想开始了,元隐喻的时代结束。之后是第三个人、第四个人、第五个人，直到那些一生都不会见到大海的人，根据"海"这个音节想象大海。在我们的时代，诗人们是在第 X 个人的海上说"海"。这时，海，已成为所指的能指。我们再也说不出"嗨！"我们说，啊，永恒而辽阔！从海第一所指滋生出来的所指的能指取代了第一能指。我们不再说"太阳"，我们说，君王。我们不再说"中国"，我们说"龙"。所谓言此意彼。

文明以前的时代是先知的时代、命名的时代。

命名是元创造。命名者是第一诗人。

之后，是想象者的时代，理解的时代，读者的时代，正名的时代。

今天我们所谓的隐喻，是隐喻后，是正名的结果。

文明导致了理解力和想象力的发达，创造的年代结束了，命名终止。诗成为阐释意义的工具。这是创造后。

元诗被遮蔽在所指中，遮蔽在隐喻中，成为被遮蔽在隐喻之下的"在场"。

命名所创造的是元诗，其隐喻是元隐喻，能指和所指是一元。

正名所创造的是后诗，能指和所指分裂，其隐喻是隐喻后，其能指是一个，其所指是多指的无指。

前者是开始，是神性的，是创造的，个体的、局部的、偶然的、直接的、清楚、独一无二的，它在时间中是开放的、流动的，是说。

后者是阅读和阐释。后者是认识论的、文化的、整体的、历史决定论的、本质主义的、相似性的、经验的、复制性的；是价值，是判断、指令、结论或者读后感。它在时间中是封闭的、凝固的，是只可意会不可言传的。

诗被遗忘了，它成为隐喻的奴隶，它成为后诗偷运精神或文化鸦片的工具。读者在这个世界上公开地冒充诗人，我们始终只能从他们那里得到"接受""阐释"的东西。诗和我注六经一样，依靠的不是创造力，而是想象力。（棕皮手记：世界就是它在着的样子，何需想象。）

一个声音，它指一棵树。这个声音就是这棵树。shu！（树）这个声音说的是，这棵树在。这个声音并没有"高大、雄伟、成长、茂盛、笔直……"之类的隐喻。在我们的时代，一个诗人，要说出树是极为困难的。shu已经被隐喻遮蔽。他说"大树"，第一个接受者理解他是隐喻男性生殖器，第二个接受者以为他暗示的是庇护，第三人接受者以为他的意思是栖息之地……

第X个接受者，则根据他时代的工业化的程度，把树作为自然的象征……能指和所指已经分裂。只可意会不可言传。

汉语作为一种特征为象形会意的文字，它的功能是在所指这个层面上的纵深或垂直式发展。它一开始就不是靠能指（音节）发生作用。象形式的命名，一开始就企图将世界以"象"的方式限制在文字上。"象"导致能指是以想象意会的方式传播的。和以音节传播能指的方式不同，象形省略了对世界的"看"。而在拼音文字中，你知道这个声音，你还必须看见，才能完成能指和所指的吻合。但在象形文字中，能指被"象"直接转换为所指。在"日"这个字中，实际上"☉"被看作太阳本身。没有看见过太阳的人也根据此图形想象太阳。他可以读不准太阳这个音节。从最初事物在字形中的具象"☉"，到意义和意义之间的抽象的"象"，前进的不是能指，而是所指，是意义的纵深。如☉→日→太阳→君主→至高无上者……

这种象形会意的文字，强调的是事物与事物之间的本质联系、形而上联系，它和世界的关系一开始就是诗意的。汉语在一种古典的意义上说，它是一种农业社会的诗意语言。它适应的不是世界的开发、变化，而是与世界的和谐、共存。应该说，汉语曾经诗意地但是有效地命名了一个封闭的古代世界。但中国世界和其他世界一样，不可能永远封闭在一个最初的命名世界中，和谐不断地被打破，共存的关系必须不断地在能指的层面上调整。（这种调整在拼音文字中是不断地进行新的命名，而汉语只是通过不断地正名来调整。）汉语的能指系统却很少随着世界的变化而扩展，它的象形会意的命名功能导致它只是在所指的层面上垂直发展，所以它的能指功能不发达，这导致汉语成为一种封闭的语言系统。几千年来一直是那两万左右的汉字循环反复地负载着各个时代的所指、意义、隐喻、象征。新的命名很少进行。（而在拼音文字中，语言在能指的层面上横向扩张，命名活动随着世界的变化而不断进行着。）五千年前的秋天和当代的秋天相比，早已面目全非，但人们说到秋天，仍然是这两个音节。数千年的各个时代诗歌关于秋天的隐喻积淀在这个词中，当人们说秋天，他意识到的不是自然，而是关于秋天的文化。命名在所指的层面上进行，所指生所指，意义生意义，意义又负载着人们的价值判断，它和世界的关系已不是命名的关系，而是一套隐喻价值的系统。能指早已被文化所遮蔽，它远离存在。那最初的声音消失了，我们坠入词不达意的隐喻的黑洞中。

在汉语中，隐喻不是修辞手段之一，而是汉语的基本用法。可以说，大多数汉字，在没有上下文的情况下，它自身就是一个自在的隐喻。例如在中国书法中，单个汉字的书写，如龙，读者不会以为它仅仅是一个字形优美的单词，书写者也不会仅仅将这个龙作为 long 来书写。在这里，龙实际上依旧处于上下文之间，只不过这个上下文积淀在读者的集体无意识中罢了。反之，如果书法家在一个条幅中写"W.C"，肯定是脱离上下文的，非法的。这是一个没有能指，只繁殖所指的世界，语言的游戏规则被破坏。没有游戏规则，所指就成为专制的暴君，成为中国人集体无意识控制的只可意会不可言传的悟性游戏，导致汉语的神秘性和汉字崇拜。

言此意彼，在最初是来自事物与事物之间外形的相似，例如雅可布森的例子，汽车像甲壳虫一样行驶。在这里，相似性来自词的能指。联想的基础是事物某些特征的相似，如汽车和甲壳虫在外形上的相似。但在汉语中，相似性的基础却是所指（事物的形而上本质）。例如太阳一词，在汉语中往往从至高无上、辉煌、无边无际……这些所指上来创造隐喻。君主和太阳在"在上"这一点上相似，但前者的"在上"是一个物理学概念，后者的"在上"却是一个精神性概念。所以太阳在汉语中只是一个能指，它却可以把许多风马牛不相及的所指统一在一个能指中。太阳，既指天上的物质性的太阳，又可以指君主、男性、党派、某个人正在上升的命运等等……所指的外延无限扩张，导致能指被所指遮蔽，成为无指。一切词，人们必须知道它们在历史文化中的上下文，才能理解它。如果没有这种语言的集体意识，一个外人不可能进入这种语境。

言此意彼已成为中国人最正常、最合法、最日常的说话方式，这一方式决定了中国诗歌的表现方式和美学原则。这是中国文化中整体主义、本质主义、历史决定论的肇始之源。

我说的我不能做，我做的我不能说，导致这个社会没有游戏规则，不能在能指的层面上运作。语言成为没有契约性的黑洞。人说不出他的存在，他只能说出他的文化。

在五千年之后，我用汉语说的不是我的话，而是我们的话。汉语不再是存在的栖居之所，而是意义的暴力场。

专制的语言暴力，它合法地强迫人在既成或现成隐喻的意义系统中思想。所有的诗人都是隐喻的牺牲品。人们再也不用声音说话，这个世界在只可意会不可言传中成为：无声的中国（鲁迅）。

不学诗,无以言。诗不再是本体,而是载体。诗成为世故的语言操练所。在中国,一个在政治上显达的人,也就是一个长于隐喻的人。

中国诗歌的空灵,逐渐成为多指造成的无指的黑洞。

这种隐喻式的空灵依赖于历史,它是文化专制的暴君。它强迫读者接受那些与存在无关的喻体,能指和所指的关系是武断的、指令性的,它的垂直性(深度)是封闭的,一个没有汉语阅读经验的读者,无法进入这种空灵。它是一个以集体无意识为基础的"相似性"世界中的读者们的快乐文本。它只导致奴性的读者。罗兰·巴特指出,读者的文本使一种关于现实的"公认"的看法和一种价值观的"确定"格式永远存在下去。能指和所指的关系不容置疑,"世界就是如此,而且将永远如此。"它的代码表现为"格言的"、集合的、无人称的和命令的语态,它是为确立"公认的"知识或智慧这一目的服务的。通过所指来证实公认的和权威的文化形式。

汉语诗歌可以将无数的名词没有任何介词地排列,而具有诗意。例如,马致远的《天净沙》,枯藤老树昏鸦,这三个词之所以能并列在一起传达出一种萧条悲凉的意象,就是因为这三个词都有着共同的来自文化的隐喻。它依靠的不是诗人具体的个别的局部的表达，而是唤起读者共同的隐喻认同，这三个词都隐喻一种相似孤独萧条的心境，是中国诗歌中的公共意象。在经过五千年之后，可以说，那两万多个汉字早已凝结成一个固定的隐喻系统。如果一个诗人不是在解构中使用汉语，他就无法逃脱这个封闭的隐喻系统。一个诗人可以自以为他说的秋天就是开始的那个秋天，而读者却在五千年后的秋天的隐喻上接受它。秋天是什么，它只是一个巨大的沉淀在秋天这两个音节之下的隐喻史的整体，它足以将诗人最天才的想象力变成酱油。（这是一个隐喻，中国读者都知道它意味着什么。）

20世纪以前中国诗歌的隐喻系统，是和专制主义的乡土中国吻合的。越是专制的社会，其隐喻功能越发达。不可能想象在一个隐喻作为日常言语方式的社会里会出现像惠特曼那样的诗人。即便是那些对专制主义不满的诗人也是以隐喻式的文本来暗示诗人们对专制时代的不满。而它的言说方式正是专制社会的权利话语所赖以统治思想的方式。与其说它们是自觉的诗人们的诗歌文本，不如说它们是不自觉的诗人们的意识形态策略。20世纪中国的诗歌虽然已用白话，但诗人们的诗歌意象和结构方式仍然是隐喻式的，用白话写的古诗。语言是存在的家园，这个家园在死去的古代汉语中早已丧失，但它也没有在白话的当代诗歌中完全复活，因为20世纪的中国诗人尚未完全意识到，他们有义务为一个与乡土中国完全不同的汉语新世界命名。相反，许多诗人仍然在用乡土中国行将死亡的话语系统来消解遮蔽他们早已无法回避的存在。因此，读者会从当代中国的诗歌中看到两种现象，其一是诗人们大都生活在为他们的诗歌所深恶痛绝的城市，他们一方面喝着咖啡，以谈论西方文明为时髦，一方面却在诗歌中歌咏麦地、乡村、古代的宫女。读者会从这些诗歌中得出一个中国生活仍然充满古典田园诗意的印象。（这是某些诗人会获得西方汉学家青睐的一个因素，并且这种假象的鸦片式营造，使汉语诗歌在一个现代世界面前成为一种矫揉造作的东西，并造就了大批逃避存在的读者。）其二是用隐喻的方式，表达诗人们的或左或右的意识形态取向，人们在这些诗歌中看不到个人的存在，只看到那些或左或右的"我们"（其右的方面是诗人们受到汉学家们青睐的另一个原因）。

诗对于存在已处于一种严重的失语状态。成为诗人们逃避存在的乌托邦，成为诗人们区别于芸芸众生的风雅标志。它最终会像京剧那样成为与存在无关的国粹。诗歌被遮蔽在诗歌中。我以为，由于诗是汉语的最重要的基本功能之一，所以诗的状态甚至也就是汉语的状态。面对一个与汉语所赖以命名的古典农业社会完全不同的现代社会，汉语可以说已经处于一种严重的失语状态，导致它与存在的错位。现代已被人们意识到，但人们说不出来。而合法的话语系统，不能言说已抵达它手边的存在。这种危险的状况将使一个现代的中国在失语中一任他语宰割，最终既失去传统，又在现代中成为某种不伦不类的东西。我想，任何一个敏感的中国诗人，都应该清楚地看到这种状况。我相信，从诗开始的语言游戏，有可能最终改变汉语的失语状态。我认为，这种游戏不是什么革命性的不断前进的东西。我以为这种语言游戏可以说是一种后退的游戏。在后退中重建能指和所知的关系的游戏。套用马尔库塞的说法，诗（艺术）虽然不能改变世界，但"能改变大众的意识，而他们能改变这个世界"。

诗是从既成的意义、隐喻系统的自觉地后退。

这是一个隐喻之后的世界。命名的时代一去不返。回到命名时代的愿望只不过是一种乌托邦的白日梦。

但命名是诗的古老的游戏规则之一。

对隐喻的拒绝意味着使诗重新具有命名的功能。这种命名和最初的命名不同，它是对已有的名进行去蔽的过程。在这一过程中，诗显现。

诗不是一个名词，诗是动词。

诗是语言的"在场"，澄明。

不存在写→诗这件事，诗不是切开世界的一把刀子之类的工具，把世界的皮剥开，以露出内核。它不是刀子，也不是内核，它是切削这个动作的过程。它是使得一把刀子具有锋利这个过程的那个动作。它是果子、内核、刀子、皮、切削这个动作的共同作用。诗是诗自身。它是自在的。对于一位诗人来说，在写作活动开始之前，诗并不存在。我们应当区分作为读者和文学史的名词的"诗"，和作为写作活动的动词的"诗"。

诗不言志、不抒情。罗兰·巴特的如下观点至关重要，一类作家把写作看成是手段，是为达到一种隐秘目的（言志抒情）而使用的载体和工具。但还有另一类作家，对他来说，"写作"这一动词是不及物的，他的兴趣不在于带领我们"穿过"他的作品来到另一个世界，而在于生产写作。他把前者归于一般的作家，把后者归于真正的作家。一般作家写某种东西，真正的作家就只是写。他举例道，画家绘画：他们要求我们看他们怎样使用色彩、形式、布局，而不要求我们"通过"他们的绘画看到作品以外的东西。（在我国，诗是通向心灵的桥梁，是诗人们的熟语。）同样，音乐家向我们呈现的是音响，而不是论证或事件。因此，作家写作，他们献给我们的是作品，作为他们的艺术；不是作为载体，而是作为目的本身。罗兰·巴特具体地指出，既然作家使用的是词，他们的艺术最终就必然是由没有所指的能指构成的。

如果读者在诗中看出世界内核之类的东西，那是因为读者是来自一个充斥着索隐式文本的世界。

诗是一种消灭隐喻的语言游戏。对隐喻破坏得越彻底，诗越显出自身。罗兰·巴特说：指着面具前进。

它同时也是取消语言的既往价值的游戏。从所指的深处出发，返回能指的表面的游戏。

如果世界已经被制造为一个内核，那么，诗只有在切割这个内核的过程中才会呈现。阿波里奈尔在评论毕加索时说，比如像解剖学，就不再存在于艺术中了，应当重新创造解剖学，并以一位外科医生的学识和方法来执行解剖学本身的谋杀。

诗是语言的解剖学。

拒绝隐喻，就是对母语隐喻霸权的（所指）拒绝，对总体话语的拒绝。拒绝它强迫你接受的隐喻系统，诗人应当在对母语的天赋权力的怀疑和反抗中写作。写作是对隐喻垃圾的处理、清除。一个不加怀疑地使用母语写作的诗人是业余诗人,这种诗人在中国到处都是,正是这些人支撑着中国作为一个古老诗国的名声。拒绝隐喻是一种专业写作,诗人必须对汉语的能指和所指有着语言学意义上的认识,他才会创造出避免落入隐喻无所不在的陷阱的方法。拒绝隐喻,从而改变汉语世界既成的结构,使其重新能指。"对任何诗歌来说,重要的不是诗人或读者对待现实的态度,而是诗人对待语言的态度,当这语言被成功地表达的时候,它就把读者唤醒,使他看见语言的结构,并由此看到他的新'世界'的结构。"(特伦斯·霍克斯)

一个象征或隐喻的建立,也就是环绕着这个象征的一群词的死亡,中心词的死亡,使得处于它的语境中的词都随之死亡了。例如在1966年的语境中使用的"太阳"一词。所谓词的死亡,就是它们在被用于某个象征的时候,被这个象征的中心词的价值所规定。与某个中心词一道成为褒义的或贬义的词。

诗的张力来自词环绕一个既成象征的错位式的运动中。它既解构了一个象征,同时也命名了一个新的象征。但它的能指还是那个能指。

在一个崇尚词不达意的国家,通过词不达意的写作去抵达意义。

言此意彼，言的真的是此吗？言到此了吗？说的是这个，被误读成那个，是一回事。因为此没有说清楚，词不达意，而被误解为彼，这又是一回事。前者是专业的文本的写作，后者是业余的即兴式的写作。

害怕或实际上不可能说清楚或说不清楚已成为汉语写作的最大障碍。倒还不是什么有没有大灵魂、终极价值的问题。获救之舌如何能够得救？不就是能说清楚么？

水至清则无鱼。这水本来就没有鱼，为什么还要制造深不可测的假象呢？通过对隐喻深度的解剖，回到词的表面。回到能指。

诗就是明白的过程。

水至清则无鱼。水里早就没有鱼了，让它清吧，让读者看见，明白无鱼。让读者看见那只是水本身，那只是液体、温度和立方米。维特根斯坦说："要看见正在眼前的事物是多么难啊！"诗人就是说出这水中并无鱼的人。

拒绝垂直性，拒绝价值，拒绝深度，拒绝获得深度的所谓"直觉""灵感""激情"等等。拒绝"自我"，拒绝"我们"。

诗是方法，是纯粹理性的操作。

诗人不等待灵感，他控制语言。

回到语言的元隐喻本性。诗越是具有命名的效果，他越创造大批"正名"的读者。诗越追求隐喻，他越失去隐喻。因为它潜在的指令性，掐断了读者再创造的可能性。它希望奴性的、只能接受的读者。

拒绝隐喻，并不意味着一种所谓"客观"的写作。客观的写作只不过是乌托邦的白日梦之一。当我们面对的只是以隐喻的方式确立的语言秩序和一群以索隐的方式生活和阅读的读者时，任何自以为客观的写作都是隐喻的写作。所谓以物观物，最终由于他客观地使用语言而被隐喻化为子虚乌有。

词的隐喻积淀层使得一位诗人无法在一个词本来的命名上使用这个词。他只能以清除垃圾的办法去除隐喻对这个词的遮蔽。诗是清除隐喻垃圾的过程。

真正的专业的写作不是一种守株待兔式的写作。这是传统的写作，如果那只兔子已经是一只兔子，它已在文化的隐喻系统中成为一只兔子，那么它撞在甲诗人的树上和撞在乙诗人的树上又有何区别呢？

具有创造性的写作是一种最主观、最明白、最富于理性的写作。诗人无时无刻不清醒地控制着语言，他拒绝任何价值的诱惑，"诗之彼岸"的诱惑，抒情的诱惑，深度的诱惑，所谓"先锋派诗歌""纯诗""拯救世道人心"等等的诱惑。一首诗在未被写出之前，诗人不能对它有任何价值期待。诗人仅仅是写，他不写"什么"。

诗人不是才子，不是所谓的精神王者，也不是什么背负十字架的苦难承受者。诗人是作坊中的工匠，专业的语言操作者。

具体的写作行为拒绝传统写作中的神秘主义写作（在中国，有许多诗人声称，他们要在秋天或月光下才能写作）倾向。写作行为从一张白纸上，从一个部首，从任何时候开始。

具体的、局部的、碎片式的、细节的、稗史的、就以往时代的价值、隐喻系统呈现为 0 的诗。

诗要言传，不要意会。诗说的仅仅是诗成为诗的语言运动。

诗是为了让世界在语言的意义上重返真实（存在）的努力。在这里，"返"的过程就是诗被澄明的过程。马丁·海德格尔说，回到语言来的那儿。他又说，存在，就是在途中。诗就是在途中，途中就是能指或命名呈现的过程。

作为一个主观的、虚构的世界，诗所提供的语言现实就是，消除想象的方法，消除幻觉和罗曼蒂克的方法，消除乌托邦和恶之美学的方法。诗不是一种观察生活的方式，它本身就是一种方法。这种方法是对那个喜欢索隐的、喜欢深度和所谓世界本质的读者天下的嘲弄。

并非所谓的后现代，我拒绝隐喻的目的是重建语言的游戏规则。只有一种能指的汉语，能够去除对存在的遮蔽。

一首诗之成功，在于它成功地消灭了隐喻，从而解放了读者，为他指出一条自由地倾听能指的在场。

在隐喻的专制暴力被拆除的地方，世界会呈现被遮蔽的元隐喻。

在中国当代诗歌中，拒绝隐喻的写作已被少数的诗人意识到，在这一看法上与我相近的有四川的非非主义诗人。但非非的看法是试图通过直觉导向直觉体验，通过感觉还原、意识还原、语言还原以及三逃避：逃避知识，逃避思想，逃避意义；三超越，超越逻辑，超越语法，超越理性来达到诗歌的创造还原。但在我看来，非非主义的理论只有认识论的价值，它的创造还原是一种语言乌托邦，因为在我看来，非非要逃避或超越的一切，正是我们的被抛性，我们的所谓存在的家园所在。我们永远不可能在一个前文化的荒原上写作，我们的一切写作都是建立在文化的隐喻的黑土之上的,我们的直觉永远只能是一种后直觉。"如果能完全脱离符号系统和符号系统的限制,就可以任意地指派意义,但却不会产生任何意义。况且,指派的意义必须有本有源,如果指派的意义遇不到任何阻力,就会过于容易、枯燥无味。"(J.卡勒《索绪尔》)创造的还原只能是一种理性的、有意识的、控制的方法。方法并不是工具或武器,它就是诗的栖居之地。汉语诗歌的无指性,正是取消了语言理性、逻辑、语法规则的能指过程的结果。(棕皮手记:呈现这些被省略的语言关系如何被省略的过程,是使诗的写作重新处于与语言的对抗状态,从而产生阻力和张力的方法。)正是将这些能指都省略成隐喻的结果。非非主义的理论在结论和判断上是对的,但它在方法上却恰恰指向它所抛弃的东西。

从诗歌的根本的写作向度上看,有两类:一类是词根为"前进"的诗歌,一类是词根为"后退"的诗歌。如果把语言看成是一些在时间中的坐标,那么前一类诗人的语言在时间中的坐标可以说是一种向所指的纵深前进的单向度的坐标,这种前进犹如置身在一架飞机的座舱中,方向是既定的、惯性的,座舱中的人只是顺其自然地坐在里面。诗人沿着母语固定的所指方向前进,一个深度抵达另一个深度,而能指永远是一个。这些深度就是一个个隐喻,它们可以被看作是词在一个业已完成的单向度的时间和空间中的凝固。由于它的前进没有原在的坐标显示出错位的相对性,没有新的能指和已经定位的能指之间的错位,所以这种前进在美学空间上实际上是凝固和静止的。

这类写作依靠的是灵感,所谓灵感就是一种在集体无意识中被所指唤起的写作冲动。写作是沿着一个合法的已经完成了的方向顺其自然的写作。在这里,时间由于词的单向度的线性运动而自我消解。支配写作的不是时间的运动,而是时间的统治或专制。写作者置身在那架航线已经规定好的飞机中,他的一切文字小花样都将被载往一个预定的地点。灵感写作可以说是一种单向度的写作,或者说是一种词根为"前进"的写作。

后一类诗人则把语言看成一些既成的已经凝固或定位的所指和隐喻中的合法系统,他试图使这个凝固在一个单向度的时间和空间中的所指系统退回到能指的表面去。(在这个意义上,后退实际上是非法的。)它是一种向"原在"返回的写作,这种写作由于它不是受既成意义系统支配的被动式的,而是一种自觉的制造阻力,并清醒地意识到阻力所在的写作。这是一种后退的"在"

途中。因为出发之地已被既成者占领,后退必须越过那些已经完成的合法的障碍。它必须创造出道路。既成者在时间中的坐标是凝固的。后退的诗歌在时间中是流动的,因为它必须和已经凝固的隐喻发生错位。写作者必须获得一种他自己的时间,他必须清醒地把自己的写作活动置于既成价值(隐喻)之外,它在一个自由自在的时间中使一个已经完成的隐喻丧失方向,它的逆向的运动使已经凝固的象征发生错位。或者说,反方向的语言运动使已经死亡的词在错位中重新获得了时间感。而这个错位的"在途中",正是诗的在场。它当然知道它不可能退回原在之地,但在后退的途中,它会遇到陌生,它必须在命名中才可能后退。

我由此区分业余诗人和专业诗人。前者依靠悟性和才气,领悟了汉语的上下文,顺其自然地被动式地或守株待兔式地写作。这类诗人是语言的仆从,他们把语言看成已经完成的认识或探索世界的工具。而在后者看来,语言永远不会完成,这正是诗人得以存在的理由。后者由于拒绝沿着母语规定的既定的方向前进,他的写作是充满怀疑和障碍的,因此他的写作也是自由、主动、充满专业精神的。

一个图式：（可以把"→"看成语言的时间向度）
元隐喻命名原在的
能指→←所指（→和←的交点是不可分的。）
hai（海）

隐喻后单向度的

    能指
    ↓
    所指
    ↓
    隐喻
    ↓
    无指

   深厚
   宽阔
    无边无际的
  海生命的摇篮
    母亲或父亲般的
    永恒的
    国家的恩情
    等等

在这里,→是垂直的,它靠集体无意识、文化的上下文来连接,它在能指的层面是看不见的,能指的所指是只可意会不可言传的。

诗
隐喻→无指→能指

hai
↑
国家的恩情→会淹死人的
永恒的→有可以测量的体积的
母亲或父亲般的→含有盐分的、鱼和生物的
………
↑
海

在这里可以看出,→左边的词组都是抽象的、多指的。只有在"我们"的立场上才可以理解它们。而→右边的词组都是具体的、能指的。它是一种局部的立场。

它的时间向度错位是多向的、无限可能的。

1993年至1995年8月于昆明

诗歌之舌的硬与软

——诗歌研究草案：关于当代诗歌的两类语言向度

作为一个出生在南方，并且在那儿长大成人，一直讲着故乡方言的人，如果在一群操标准的普通话的人们中间，我学着亚马多·内沃尔的警语套一句，普通话把我的舌头变硬了，那么我肯定不是在开玩笑。当我操普通话交谈的时候，我确实明白我已经成了一个毫无幽默感、自卑、紧张、口齿不清而又硬要一本正经的角色。我并不想贬低普通话对汉语的贡献，我更没有把普通话与英语在拉丁语系中的地位相提并论的意思。但经验告诉我，在我的日常口语即方言中，我的语言天赋会得到更有效的发挥。我可以肯定，有这种经验的不只是我一个人。尤其在南方，普通话可能有效地进入了书面语，但它从未彻底地进入过口语，方言总是能有效地消解普通话，这甚至成了人们的一种日常的语言游戏。我或许可以说的是，普通话把汉语的某一部分变硬了，而汉语的柔软的一面却通过口语得以保持。这是同一个舌头的两类状态，硬与软，紧张与松弛，窄与宽……我当然举的是我较为熟悉的诗歌方面的例子。

如果把当代诗歌在50年代以后出现的各种美学倾向或那些可疑的显然借用自意识形态范畴的种种"主义"用括号括起来，仅仅考察它的语言轨迹，我以为可以清晰地发现它在语言上的两个清晰的向度：普通话写作的向度和受到方言影响的口语写作的向度。

一、硬

20世纪作为中国社会再次获得统一的一个重要象征，是普通话在50年代的推广。推广普通话的目的，是为了统一规范汉语，"适应政治统一、经济发展和文化繁荣。"（《现代汉语》，胡裕树主编，1981年7月第三版第11页）在普通话出现之前，汉语较为流通的方言是北方方言，即所谓官话。从宋元以来，官话已经创造了汉语的无数经典杰作，五四以来的白话文运动，更出现了现代意义上的一大批用官话写作的现代经典作家。他们的作品使一向只用在通俗文学中的白话取得了文学中的经典地位。白话文运动有着一种自发的性质，它并不特别地张扬或贬抑汉语的某一部分。因此，白话文的经典著作，既有像沈从文、张爱玲、徐志摩这样用南方软语写作的作家，也有像鲁迅、郭沫若这样语感较为洪亮、硬朗的作家，也有像老舍式的旗人油话、李劼人式的川味辣话。

50年代，白话在经过某些取舍规范后，它的某些部分进一步被国家规定为正式的通用语言，称为普通话。当普通话被确立之后，旧时代的官话降为方言，它们是普通话的基础，而不是普通话本身。普通话的三要素中的一个重要因素，是普通话以语法方面典范的现代白话文著作为规范。而"典范的现代白话文"其实有着特定的所指，它并非指的就是"在白话文汉语杰作"这一意义上的所有用旧"官话"写作的作家的杰作。被列为高等院校通用教材的《现代汉语》很明白地指出，所谓典范的白话文，指的主要是毛泽东的著作、鲁迅的著作和经过反复修改的文件。白话文运动的自发状态自此画上了句号。汉语的现代化运动被纳入特定的轨道。毛著、鲁迅、社论、文件当然属于现代白话文的典范,但由于作者的文化身份、政治地位、写作习惯的限制,他们反映的只是典范的一类风格。例如在毛著和鲁迅的语式中,判断句、祈使句是经常被使用的,语感也较为洪亮、庄重和不容置疑。

例如,凡是敌人反对的我们就要拥护,凡是敌人拥护的我们就要反对。
指点江山,激扬文字。

但同样是典范作家的沈从文、周作人、徐志摩等一些作家的语式就完全不同。试想如果普通话是以"最是那一低头的温柔,像一朵水莲花不胜的娇羞……"这样的语体去推广,现代汉语会是一种什么面目?但实际上这些作家完全被排斥在白话文的典范之外。普通话虽说以北方官话为基础,但它推广的只是部分的官话,也就是有利于意识形态的全面统一的官话。这一点在"文革"时期更显而易见,据胡裕树先生主编的《现代汉语》说:"四人帮……要求净化词典的收词范围,规定只准收所谓'正面词''积极词''政治词''法家词',不准收所谓'反面词''消极词''生活词''儒家词'。"胡先生这里所说的其实只是极端时期的情况，但一脉相承的事实是，普通话从推广之日起，由于时代风气的影响，就有着"净化"汉语的目的。在这种局面下，汉语现代化的进程在五六十年代走的是一条狭隘的道路，它更丰富的表现力，一度在书面语中萎缩，却在口语的未经净化的部分及官话中幸存下来。

由于时代的制约，如果从社会语言学的角度看，普通话并不仅仅是一个中性的有利于各种思想、信息、价值和社会各阶层进行交流的基本工具。对于传统汉语，它采取的是所谓取其精华、去其糟粕的取舍原则，它向着一种广场式的、升华的更适于形而上思维、规范思想而不是丰富它的表现力的方向发展，使汉语成为更利于集中、鼓舞、号召大众，塑造新人和时代英雄、升华事物的"社会方言"。它主要是一种革命话语，属于汉语中直接依附于政治生活的部分。它摒弃了旧官话方言中的肉感和形而下的具体，私语、卑俗、淫词秽语、边缘化、不规范的土话，精练了能指的范围，在所指上进行革命与深化。它堂而皇之地进入课文、广播、社论、话剧、朗诵诗和抒情诗，成为汉语公开话本的法定的语言形式和书面语。它因而得以在1966年成为革命与时代的日常语言（运动语言）、唯一的书面语。它创造的一个奇迹是摧毁了由各种汉语地方方言建构的中国传统的内心世界，有效地进行了所谓"灵魂深处的革命"。不仅仅是大众用普通话所写的成千上万份检查、交代通过了革命还包括某些旧时代的语言巨匠最终都服从了普通话的话语权利，自觉地对个人话语加以改造（如老舍、曹禺），自觉地开始普通话写作。实际上，表面以意识形态的转变为标志的思想改造，根本上说，乃是一种话语方式的革命性转换。如果我们将中国二三十年代诗人的作品与五六十年代诗人的作品中使用的汉语做一番比较，我们会发现现代汉语中的新的价值标准同时也成为当代文化的美学标准。在诗歌中，语言的转变是极其明显的。

在《颂》中沈从文说："总有那么一天，你的身体成了我极熟的地方，那转弯抹角，那小阜平岗，一草一木我全知道得清清楚楚，虽在黑暗里我也不至于迷途。如今这一天居然来了。"

在《快乐》中朱湘说："晚空的云自金黄转自深紫；似欲再转不提防黑夜吞起。"

在《我们最伟大的节日》中何其芳说："跳跃着喊！舞动着两个手臂喊！……把这个古老的城市喊得变成年

轻！把旧社会留给我们身上的创伤和污秽喊得干干净净！"

在《秋歌》中郭小川说："战斗的途程啊，绵延不绝！我们又踏破千顷荒沙万里雪。回头看：山高、水急、冰川裂，请问：谁敢迈步从头越？"

像沈从文、朱湘一类软绵绵的语调，50年代在公开话本中就已经渐渐绝迹了。汉语逐渐向一种较为坚硬、高昂的语调方向激烈滚动。像后两个例子中这样的诗歌语调则越来越成为时代的最强音。这一趋势，就是在同一个作家的文本中的演变也是相当清晰的。

比较前湖畔派诗人汪静之的两首诗。《过伊家门外》（1922年）："我冒犯了人们的指摘，一步一回头地瞟我意中人，我是怎样地欣慰而胆寒呵。"

《血液银行》（1956年）："不要用高尚的血去增添夜总会上淫荡的红颜……要用血的光芒消灭掉法西斯的魔影……"

在30年代被称为中国最优秀的抒情诗人冯至的两首诗。

《蛇》（1922年）："我的寂寞是一条蛇，冰冷地没有言语——姑娘，你万一梦到它时，千万啊，莫要悚惧！……"

《刘家峡之歌》(1957年):"黄河像一个巨人,在这里困囚了千万年……摸不到广大的地,看不见辽远的天。……它把光明和动力,通过没有尽头的输电线,远远地送入大戈壁,高高地送上祁连山。"

在普通话的正统话语权力地位获得巩固之后,它早期的单一性开始丰富起来,一方面它越过革命进入了大众的日常生活,它开始形成有特定语式的书面语并部分进入了日常口语,它成功地在"面向未来,面向现代化"这一意义上向大众灌输了我们应当摧毁旧世界(不仅是意识形态的,也是自然界的、物质的、文化和传统的),"站起来的人民要改造一切!旧世界、大自然、全宇宙……"(《诗刊》1962年第5期)建设一个新世界的意识,以及乌托邦理想。同时它作为六七十年代唯一的公开的合法的书面文本,对文学的影响也越来越深入和广泛。它甚至已经不仅仅作为意识形态的工具,而是作为文学或诗歌的一种现代派样式影响着当代文学,其影响在今天都可以说是方兴未艾。在60年代,一整代普通话作家已经成长起来。在诗歌方面,它甚至出现了较为成熟的扮演时代代言人的抒情诗人。中国新诗在50年代以后可以视为朝抒时代之情的方向发展的普通话诗歌,或者艺术地为推广普通话作为正统权力话语的地位而写的诗歌。普通话写作在今天的写作活动中，已经不仅仅是某种意识形态的附庸，它甚至越过诗歌的围墙影响了更广泛的文学样式，升华事物，几乎成为一种现代性的写作中的特定思维方式。这种思维方式由早期的歌功颂德式的诗人们开创（他们完成的是普通话的明喻），在70年代后期的现代派诗歌中得到了继承和丰富（他们补充的是普通话的隐喻方面）。它至少呈献出这些方面的特点：

对诗言志和诗无邪的继承。把诗歌看成升华世界的工具、载体。毛泽东是普通话写作的范文作者，在"文革"中他甚至成了唯一的范文作者。他在60年代再次肯定了"诗言志"。在这一中国传统中，诗被看成是某种升华、认识、净化世界之"志"（精神、情感、世界或时代的某种不可见的本质、真理）的工具。"借助语言描形绘景，赋予思想感情于具体可感的事物或景物中。"（《文学概论》湖南教育出版社）"诗人在社会上有没有价值，就决定于他是否和公众的倾向相一致，是否与公众一起又引导公众前进。这里，就向诗人们提出一个十分现实的严重问题：诗人是否能在最先进的人们当中去吸收自己的营养，使最先进的思想感情成为自己的精神力量，再以这种精神力量去感动千千万万的人们……诗必须以人民群众中的最先进的思想感情去影响千百万人的思想感情,所谓'时代的号角'也好,'时代的鼓手'也好……人类灵魂的工程师也好,根本的意思就在这里。"(艾青《诗论》)"大诗人首先要具备的条件是灵魂,一个永远醒着的灵魂。……形式本身只应是道路……伟大灵魂本身的前进就创造了最好的形式。"(顾城《诗是什么》)"重要的诗人,必须在作为人的意义上,经由对自己生存的独立思考,达成与'世界一切崇高事物'(叶芝语)本质性的精神联系。"(杨炼《什么是诗》)诗"是帮助人类认识和体验真理的出自灵感的谎言"(欧阳江河《诗是什么》)。"在写作一首诗的过程中,诗化的首先是精神本身……"(骆一禾《世界的血》序言)"我写长诗总是迫不得已,出于某种巨大的元素对我的召唤……这些元素和伟大材料的东西会涨破我的诗歌外壳。"(海子《土地〈诗学:一份提纲〉》)"诗的专长在抒情言志,它必须有激情有思想……诗中蕴含着什么样的思想,决定着诗的格调的高低。"(《文学理论》,中国人民大学出版社 1981 年版)

我们可以看出,诗言志,着重点在诗要说什么,而不是如何说。从毛泽东到现代派这一点是一致的。

诗歌抒情主体由某个抽象的、广场式的集体的"我们"代替。试比较贺敬之的《雷锋之歌》、北岛的《红帆船》:"如果大地早已冰封,就让我们面对着暖流走向海。"海子《亚洲铜》:"亚洲铜,亚洲铜看见了吗?那两只白鸽子,它是屈原遗落在沙滩上的白鞋子,让我们——我们和河流一起,穿上它吧。"从雷锋之歌的"我们"到海子的"我们",所指可能有所不同,也不一定出现"我们"这个词,但抒情主体都是某种模糊的具有某种统一的集体意志的力量。"无个体,只有集体抱在一起,——那是已经死去但在幻象中化为永恒的集体。"(海子《土地·诗学:一份提纲》)

抒情喻体脱离常识的升华,朝所指方向膨胀、非理性扩张。虚构、幻觉、依靠想象力是这类诗歌的普遍的特定的抒情方式。"诗常常借助感情的激发……使人们的精神向上发展。"(艾青《诗论》)"一些民族诗人的失败,他们没有将自己和民族的材料和诗歌上升到整个人类的形象。"(海子《土地·诗学》)可以比较诗歌中流行的太阳、广场、大海、麦地、远方这些意象。贺敬之的《雷锋之歌》、海子的《土地》、骆一禾的《世界的血》、欧阳江河的《悬棺》、廖亦武的《死城》等等。

"为什么我如此地思念着北京，那儿升起了辐射光与热力的恒星……"（闻捷《我思念北京》）太阳这一意象，在五六十年代它喻指的是"阶级的大脑、核心"（闻捷）。在70年代末的朦胧诗中，它喻指的是"文革"导致的权力意志。"以太阳的名义，黑暗在公开的掠夺。"（北岛《结局或开始》）在海子和其他现代派诗人那里，太阳则喻指某个巨大的精神幻象，他要用"祭司的集体黑暗力量创作来爆炸太阳"（海子《土地》）。"歌手的身影掠过大地，他们的心将和太阳的光影叠在一起，他们将和太阳一起公开二十世纪所有的秘密。"（贝岭《太阳歌手》）喻指可以看出由于时代的变迁而发生的变化，但不同时代的诗人运用喻体的升华脱离常识是完全一致的。

诗歌变成小聪明的语言游戏，而且复制起来相当容易。例如：那群逃税的大象在狂奔。一只玩牌的鸽子在洗澡。一个下蛋的椅子在飞翔。

"麦子"作为一个词和物，在性质上可以是玉米、谷子或别的什么，只要这个所指所带来的是"还乡"的冲动，带来对家园、村庄、对养育物产的感恩心情。词升华为仪式，完全脱离与特定事物的联系，成了可以进行无限替换的剩余能指。（《今天：1996春季号160》）

过度阐释。随便怎么说都可以，朦胧得太容易。有利于浪漫主义。

与未来主义、超现实、达达、俄国早期的文艺思潮有着许多联系。

英雄人格的自我戏剧化塑造,问苍茫大地谁主沉浮式的、从某种形而上的高度拯救众生的抒情。试比较贺敬之的《雷锋之歌》:

"我们古代的哲人们,你们之中是谁呀?"——"见歧路,泣之而返"——"竟会痛哭失声……俱往矣!"

食指《归宿》:"埋葬弱者灵魂的坟墓绝不是我的归宿。"

北岛《回答》:"告诉你吧,世界,我—不—相—信!纵使你脚下有一千名挑战者,那就把我算作第一千零一名。"

海子《土地》:"是谁剥夺了我们的大地和玉米?何方有一位拯救大地的人?""我是一个在沙漠里的指路人,我在天堂里指引着大家……"

殴阳江河《公开的独白》:"我最终的葬身之地是书卷。那儿,你们的生命就像多余的词句被轻轻删去。……没有我的歌,你们不会有嘴唇……"

诗歌时空的"高大"化、辽阔化(五洲四海),一天等于二十年。时间神话的崇拜。一天等于二十年。未来更好。总有一天，某种更好的东西就会到来。诗歌的时针是指向未来的，诗歌的空间则是典型化、精练化、集中化的。一句顶一万句。

一个意象就代表一个时代，抹杀一切的细节，在缓慢的时间中生长着的细节，对日常生活和永恒的蔑视、无视、语言高度抽象概括化。非具体的、大词癖。"天下者我们的天下"整体把握世界。海子的大诗……取材的空间分布在东至太平洋以敦煌为中心，西至两河流域以金字塔为中心，北至大草原，南至印度次大陆以神话线索"鲲（南）鹏（北）之变"贯穿的广阔地域……比较贺敬之《桂林山水歌》："黄河的浪塞外的风……海南天北一望收……"北岛《回答》："新的转机和闪闪星斗，正在缀满没有遮挡的天空，那是五千年的象形文字，那是未来人们凝视的眼睛。"海子《土地》："这时正当月光普照大地，我们领着尼罗河、巴比伦或黄河的孩子在河流两岸、在群蜂飞翔的岛屿或平原洗了手。"闻捷："我为什么如此地思念着北京？那里挺立着我们时代真理的士兵！他以魁梧的身躯阻挡了混浊的逆流，指点出各种鲨鱼兴风作浪的本性；拉丁美洲的斗士高举炽热的火炬，亚洲的兄弟驱散了弥漫在眼的乌云，非洲的奴隶抚摸着皮鞭烙下的伤疤，欧罗巴兄弟扛着战斗的红旗……"再如北岛的"生活网"。海子《西藏》："回到我们的山上去。荒凉高原上众神的火光。"在普通话诗歌中一般看不见诗人与时空现场，更看不见与私人生活、具体时空的关系。例如，普通话诗歌无论在五六十年代还是在80年代，无论官方的诗人或是非官方的诗人，得到承认的或民间的诗人都会发现他们与意识形态的联系。我们看到，主要的诗人无不集中在北京，但如出一辙的是，诗人们的作品几乎与这个城市毫不相干，北京并没有被诗人们视为一个"忧郁的巴黎"。我们在许多住在北京或成长于北京的许多诗人的作品中几乎找不到一首与北京仅仅作为一个居住地而不是任何象征的诗歌，在贺敬之或北岛、海子的诗歌中都找不到，我们看到的仅仅是诗人们与生活的抽象的脱离时空的联系。贺敬之、北岛是没有故乡籍贯的置身于抽象时代中的诗人，海子、骆一禾更是国籍不明的，连时间也非常模糊，所谓"世界的"诗人。

远方或生活在别处，对某个乌托邦式的某种"更"的所在的向往。试比较郭小川的《望星空》："我爱人间，我在人间生长，但比起你来，人间还远不辉煌。"食指的《相信未来》："朋友,坚定地相信未来吧……相信未来,相信生命。"北岛的《红帆船》:"如果大地早已冰封,就让我们面对着暖流走向海;如果礁石是我们未来的形象,就让我们面对着海。"海子的《诗歌皇帝》:"当众人齐集河畔高声歌唱生活,我定会孤独返回空无一人的山峦。"杨炼的《诺日朗》、海子的《麦地》写的都是某个更具有"神性"的远处。"你生活在这个时代,却呼吸着另外的空气。"(王家新诗句)

由于具体生活时空的模糊、形而上化,导致许多诗人的诗歌意象、象征体系和抒情结构的以时代为变数的雷同和相似性。60年代的诗人是一种声音。80年代的诗人是一种声音。可能词汇不同,对世界的看法也有变化,但抒情体系的基本结构是一致的。有人指出,追求"语言乌托邦"的诗人在追求语速、幻觉意象、"自白"方式等方面与追求精神乌托邦的诗人表现出高度的相似性,因为两类诗人对于精神和灵魂都抱有共同的旨趣(见《大家》1997年第4期《"知识分子写作":文化转型年代的思与诗》)。这方面的例子不胜枚举。

欧化的、译文的影响向书面语靠拢。在音节上更适于朗诵。早期的作品明显受到翻译过来的苏俄诗歌的影响。在七八十年代,则受到晚期苏联和欧美译文的影响。

尤其是普通话高度发达的首都诗人,写作在 80 年代并没有转向口语,汲取语言活力的方向是由书面语到书面语继而转向翻译语体。这一点,在 80 年代至 90 年代的现代诗中更明显。诗人西川的这些表白其实代表着现代派诗歌中许多诗人的看法:"时至今日,我一直认为,口语是今天唯一的写作语言,人们已经不大可能应用传统的文学语言写作崭新的诗歌。不过,这里有一个对口语进行甄别的问题:一种是市井语言,它接近于方言和帮会语言;一种是书面口语,它与文明和事物的普遍性有关。我当时自发地选择了后者。从 1986 年下半年开始,我对用市井口语描写平民生活产生了深深的厌倦……"(西川《让蒙面人说话》,东方出版中心 1997 年 7 月第一版)

在 70 年代出现的普通话朦胧诗,一度被视为开始了 70 年代以来的诗歌美学的现代革命,但在我看来,这场美学革命所暗接的却是古代贵族文学的写作传统。普通话上溯到官话到白话的文学史,依钱穆先生的看法,是古代贵族文学转到平民文学之一徵。我以为,这一转也有着从抽象表现的大词雅词转向具体写实的俗词实词的趋势。唐以前以及从诗歌之流中发展出来的中国文学传统,如钱穆先生所说,是"不爱在人生的现实具体方面,过分刻画,过分追求,因此中国文学大统,一向以'小品文的抒情诗'为主,史诗就不发达,散文地位就不如诗,小说地位就不如散文,戏曲的地位又不如小说。愈落在具体上,愈陷入现实境界,便愈离了中国文学的标准。"(钱穆《中国文化史导论》)也可以说,非抒情的,具体的、客观的、再现的写作是与传统的写作趋向不合的。"这两千年中,贵族文学尽管得势,平民的文学也在那里不声不响地继续发展着。"(胡适《五十年来之中国文学》)在唐以后,汉语中的世俗化趋向才在话本、诗、词的某些部分和小说里热闹起来。到五四以后,又由新诗的某些部分和小说直接继承,对汉语的贵族文学传统进一步改造,平民的、人生的文学开始获得了经典文学的地位。但普通话诗歌,其趋向形而上脱离具体时空的语式,暗接的乃是中国文学中贵族化的"小品抒情诗"传统,并把这一传统意识形态化了。例如曹李。

但这种暗接并非由于文学的自然发展,它既有来自对传统惯性的迎合,也有极端时代强化意识形态的需要。而恰恰汉语在贵族文学这条路上,早已发展出一套更适于思想统一控制、建立集体意志的形而上思维的语式。朦胧诗的代表性诗人北岛对他的诗歌美学有如下解释:"隐喻、象征、通感、改变视角和透视关系,打破时空秩序等手法为我们提供了新的前景。我试图把电影的蒙太奇手法引入自己的诗中,造成意象的撞击迅速转换,激发人们的想象力来填补大幅度跳跃留下的空白。"(《青年诗人谈诗》北大五四文学社,1985年)熟悉中国古典诗歌历史的人一眼就会看出,这倒不是什么新的前景,而是中国小品抒情诗中司空见惯的语式。用今天叫作卡通、蒙太奇式的拼接手法,省略词语的特定逻辑关系,脱离具体的语境,视通千里,思接万载,依靠读者的集体文化修养积淀,将词语之间省略的空白填补起来,造成所指的"言有尽而意无穷",这正是中国古典诗歌的美学窍门,它同时也是中国意识形态话语的发言窍门。普通话在50年代的发端,其实并非空穴来风,它既然要否定五四以来的大部分现代文学的经典地位,它必然要借助某种与这个新文学传统背道而驰的语式。其实人们马上就会发现,50年代以后,文学在普通话的轨道上,并不是在写实的小说上发展,而是在朗诵诗上发展。在"文革"末期,已经达到了全民皆诗的地步,歌功颂德的诗人也几乎恢复了他们在传统上的地位。所以,后来的并非歌功颂德的诗人们,虽然以非主流的"先锋派"面目出现，其语式依然逃不脱根本性的影响，是不足为奇的。简单地从诗人们表现了什么，或展示了什么旗号去判断，而忽略他们如何说话，往往难免把依附着传统的幽灵误认为新的美学革命。

普通话诗歌可以说方兴未艾，它经历了不同的时代，已形成一种独特的抒情模式。传统的（如贺敬之、郭小川）、现代派的（如北岛、海子）、大众的（如汪国真），都已齐备。在90年代，一些诗人提出的"知识分子写作"，使它在书面语和形而上的传统反向上更适应某种现代性。"知识分子写作有其具体的历史与文化语境……是基于他们自身的'理想主义信念'。不过理想主义更多地表现为一种寻求乌托邦的勇气……"（见《大家》1997年4期《"知识分子写作"：文化转型年代的思与诗》）作为毛泽东为汉语留下的一笔遗产，它是现代汉语中最接近神学、乌托邦和意识形态的部分，它对汉语中世俗化的倾向确实有着制约的作用，对于一个健康的语言系统来说，作为一个舌头的较为强硬的一面，它是非常必要的。事实上，正是普通话的写作，使50年代至80年代初期的诗歌没有付诸阙如，它已经被公认丰富了中国新诗的历史，加快了汉语的现代化。而且从目前的事实来看，它也更便于与国际接轨，它的超越具体时空的抒情体系,特别宜于被某种抽象的世界性的诗歌本质所接纳。例如欧文。北岛诗歌的耐磨损性。

人们有理由期待它在将来,继续为20世纪主流文化的那个一贯功能——弘扬民族精神或"国民灵魂的重塑"做出贡献。

说什么其实也不仅仅是诗歌,例如当代艺术中的形象。从罗中立的"父亲"到后来的有后现代意味的"文革"肖像,都是符号的文化意味而不是方法。因此,升华、典型之类的术语用来分析它们并不会错位。

二、软

当普通话在汉语中巩固着它的正统地位之际,旧时代的官话方言却在口语中保持着对书面语的沉默。只是直到80年代,它才在诗歌中开始复苏。80年代以来的当代诗歌,在外省,尤其是在南方,诗歌写作的一个重要核心是口语化。当那种主要是为一个极端时代的意识形态的统一的普通话使汉语的舌头日益变硬之际,汉语在私下通过方言口语坚持着与常识和事物本身的联系。口语化的写作，是对五四以后开辟的现代白话文学的"推倒雕琢的、阿谀的贵族文学；建设平易的抒情的国民文学；推倒陈腐的、铺张的古典文学；建设新鲜的立诚的写实文学；推倒迂晦的、晦涩的山林文学；建设明了的、通俗的社会文学"这一方向的某种承继。也就是胡适当年在文学八议中提出的须言之有物、务去滥调套语、不无病呻吟、不避俗字俗语、须讲求文法等的继续。我们可以看出，胡适的文学八议，无不讲的是写作的方法。

与主要集中于北京的普通话写作不同的情况是，在中国的外省，普通话在诗人们的潜意识中，乃是令他们舌头变硬的非生活化的官方话语。代表的一直是意识形态、国家形象、课文中的正统尺度。外省的诗人可能通过书面受到普通话诗歌的影响，但在外省，支配着私人的、世俗的日常生活的口语同时也不同程度地消解和削弱了这种影响。在外省，人们实际上通常使用两套话本交流，普通话往往表达的是公开话本，而日常口语则以方言的形式表达着民间（私人房间）话本。人们在家里和非正式场合从来不说普通话，人们往往只是在会议、宣传活动或对着电视台的采访机时才讲普通话。在私底下，普通话甚至被视为与人与人交流中的某种障碍。例如两性关系的交流，不可能想象两个四川盆地长大的恋人絮语可以用普通话来絮絮叨叨。在方言支配着的重视小家庭生活的南方，在日常生活中人们往往感觉到普通话的"正式""生硬"和装腔作势。在南方，一个用普通话发言的人，也就是一个脱离了世俗生活的人、一个公共的人。为什么80年代诗歌中所谓的"口语写作"最先兴起在南方，因为在南方，像胡适肯定过的"吴语文学的传统"之类的东西依然在发挥着作用。但50年代以来，这个传统在可见的文本中是处于断裂和空白的状态。作为诗歌的一类发言方式，普通话写作，仅仅是汉语之舌的一个方面，汉语的更丰富的可能性，例如它作为诗歌的非抒情方面、非隐喻方面、坚持从常识和经验的角度、非意识形态和形而上的而是生命的、存在的角度方面以及从芸芸众生之一员的立场与世界对话的方面，实际上在外省的窃窃私语中蕴藉着，在80年代以前，它属于汉语中沉默的大多数。

但80年代从诗歌中开始的口语写作的重要意义其实并没有被认识到，人们仅仅将它看成某种先锋性的、非诗化的语言游戏，而忽视了它更深刻的东西，对汉语日益变硬的舌头的另一部分（也许是更辽阔和更具有文学品质的部分）的恢复。口语写作实际上复苏的是以普通话为中心的当代汉语的与传统相联结的世俗方向，它软化了由于过于强调意识形态和形而上思维而变得坚硬好斗和越来越不适于表现日常人生的现时性、当下性、庸常、柔软、具体、琐屑的现代汉语，恢复了汉语与事物和常识的关系。口语写作丰富了汉语的质感，使它重新具有幽默、轻松、人间化和能指事。

物的成分也复苏了与宋词、明清小说中那种以表现饮食男女的常规生活为乐事的肉感语言的联系。口语诗歌的写作一开始就不具有中心，因为它是在普通话的地位确立之后，被降为方言的旧时代各省的官话方言和其他方言为写作母语的。口语的写作的血脉来自方言，它动摇的却是普通话的独白。它的多声部使中国当代被某些大词弄得模糊不清的诗歌地图重新清晰起来，出现了位于具体中国时空中的个人、故乡、大地、城市、家、生活方式和内心历程。

诗歌作为一种特殊的语言艺术具有本体的自在的地位。而人们仅仅只是传达思想、精神、意识形态的工具、走廊、通道。我的世界就是我的语言的界限。

当代诗歌中的口语写作经过近十年的努力,它已经形成这样一些与普通话诗歌不同的方面。

对诗的常识性理解。

"诗本身便是崇高的……获得诗的崇高是本身怎样纯粹写作的问题,而不是写什么或不写什么。在卑微的事物中建立诗的崇高似乎更难……诗歌不是工具……它始终只是一项朴素的真正的工作。"(韩东)"诗仅仅是语言的在那儿。……我不知道如果离开了语言,我们如何看到所谓灵魂或精神向度……真正的诗是从世界全部喻体的退出——'到语言来的路上去',回到隐喻之前。"(于坚)"一个诗人如果能够给一个词注入新的感性,他才是伟大的。……诗歌的发生自有其内在运动规律,它甚至是生态意义上的,诗人只是它借以发生和延续下去的必要途径,诗人因此才有存在的理由。反过来说,诗人的存在意味着诗歌永远作为语言的艺术革命的必要性。"(吕德安)"诗是对已有词语的改写和已发现事物的再发现。"(翟永明)"诗人不可能言说一切,他在自己生存的特定空间里写作,所传达的只是局部的知识。"(杨克)(以上均引自沈奇编《诗是什么》,台湾尔雅出版社1996年版。)以上摘引的论点在中国当代文学理论的教科书中并没有可以对应的例子,但它们并非什么新发现或"先锋的",这类对"诗"的常识性看法,实际可以在更多的经典诗人和世界诗歌史上获得支持。一个近在手边的例子:"诗是一种特殊的运用语言的方式,也是语言的原始形式。"(《大不列颠百科全书》第七卷,第239页)

具体的,具有在场的。写作的自传化、私人化趋向。诗歌开始具有细节、碎片、局部。对个人生命的存在、生命环境的基于平常心的关注。

例如朱文的《让我们袭击城市》。

"星期天的南京如同一块光润的皮肤绽开一条伤口这是朋友们艰难度日的城市,我看到城市痉挛、广场蠕动。古老的城市从清晨到傍晚不停地呕吐分泌液、沙子、胃口和我的几个朋友……"

于坚《礼拜日的昆明翠湖公园》:"三点钟进来时个个还衣冠楚楚站有站相坐有坐相他舅舅特别注意不揉皱裤子上的线条胖姨妈最担心果汁滴在旗袍上他叔叔要戴着有色眼镜看各色人物他父亲在一群蝴蝶中正襟危坐……"

吕德安《沃角的夜和女人》:"沃角,是一个渔村的名字它的地形就像渔夫的脚板扇子似的浸在水里当海上吹来一件缀满星云的黑衣衫沃角,这个小小的夜降落了……"

陆忆敏《室内的一九八八》:"《二月二十四日》有一个星期我只能喝盐水度日没有任何云体和其他液体敢于出现在我的面前……"

"《三月十四日》深色的家具寂而无声倚在墙角像被音乐洗过有几句歌词还挂在屋顶不知我何时归来携一只发着桔味的软椅坐进你的屋中。"

韩东《你的手》:"你的手搁在我身上安心睡去我因此无法入眠轻微的重量逐渐变成了铅夜晚又很长你的姿势毫不改变这只手应该象征着爱情也许还另有深意我不敢推开它或惊醒你等到我习惯并且喜欢你在梦中又突然把手抽回并对一切无从知晓。"

吕德安的长诗《曼凯托》,说的就是一个地方,而非某个精神幻象的喻所。

还有翟永明的私人内心自传《死亡的图案》等等。

诗不仅仅是抒情或载道的工具,也可以是纯粹的语言的游戏活动。

例如杨黎的《高处》:"A或是B A总之很轻很微弱也很短但很重要……只有A或是B我听见了感觉到了A或是,B。"

诗歌修辞方式中回到常识的努力。对已经被虚幻的升华变成空洞的公共性隐喻的解构。对语言价值的复0。中性的。A＝A。

例如韩东的《你见过大海》："你见过大海你不情愿给海水淹死就是这样人人都是这样。"

比较："绳索或鲜艳的鳞将我遮盖我的海洋升起着这些花朵抛向太阳的我们的尸体的花朵。"（海子《土地》）

"这千道浪呵，都是惩罚来犯海盗的绞索；这万里海疆呵，都是攻不破的钢铁城。"（纪鹏《蓝色的海疆》）

转喻的。这一特征甚至在南方引发了诗人转向小说的现象。

日常语言、口语、母语的运用，犹如谈话的非书面语。导致诗歌只能中性地阅读，韵律的非朗诵性。

读者可以试朗诵以下较硬的几节，注意它们的书面语和朗诵性：

"高原如猛虎，焚烧于激流暴跳的万物的海滨哦，只有光，落日浑圆地向你们泛滥，大地悬挂在空中。"（杨炼《诺日朗》）

"焚烧万物的黑暗河岸悬在空中太阳！焚烧万物的岩石歌唱彩色的岩石狂叫岩石悬在天空。"（海子

《土地》)

"深不可见的渊薮悬于绝顶,时间有太多的荣耀。足以使鹰之权威占有死亡的高度。人服罪于地,朝鹰之啄泼肉之铁,谣传压顶,阴影之征服向南方,高不可问之天意向猝然一片击倒。"(欧阳江河《悬棺》)

在以下的例子中,读者可以看出它们学鲜明的口语性,由于语感偏软,实际上是在公认的朗诵模式中它们是不可朗诵的,或者说只可以念:

"有一块砖头,从对面飞来将玻璃砸成四块,其中一块留在窗框上,另外三块摔到地面,再次摔成许多小块。"(朱文《机械》)

"一切安排就绪我可以坐下来观赏或在房间里踱来踱去这是我的家从此便有了这样的感觉……"(韩东《一切安排就绪》)

"他们全是本地人是泥瓦匠中的泥瓦匠同样的动作同样的谨慎当他们踩过屋顶……"(吕德安《泥瓦匠印象》)

"穿过门厅回廊我在你对面提裙坐下轻声告诉你猫在后院。"(陆忆敏《风雨欲来》)

世俗化的、现世的、小市民的、小家庭、琐事、肉感、庸常。在外省,这些词不像在普通话中那样具有价值上的贬义，他们在南方经典作家们的写作中一直是天经地义的。它们也不是诗人们故意为之的倾向。而是中性的，或者说是方言的一种性质。当然，它们与外省主要在中国南方的非意识形态化的更富于人性的日常生活有密切的关系。在这些诗歌中，一个活生生的，有着自己的与古老传统相联系的中国社会的日常人生和心灵世界被呈现出来，它们不是号角或旗帜而仅仅是"在斯万家那边""在盖尔芒特家那边"……（普鲁斯特）

这种写作把时间的指针拨慢了。世界并不是由几个简单的高度精练集中的图式组成的。世界更多的是具体的局部。片断。是在一秒一秒钟存在的。（波伏瓦）

由于在外省，各个诗人虽然具有某些相似的特点，但具体到不同的方言对诗人的影响，他们呈现的特点在不同点上更多。相对于普通话诗歌，鲜明的个人语言风格是外省的一个重要特点。

口语化诗歌写作作为汉语诗歌中的一种边缘性的写作，由于它的写作时空的具体性，它要被主要还仅仅是通过普通话来了解中国的中国以外世界的读者接受，还有待时日。但不容忽视的是，它对中国当代文学已经产生了显而易见的广泛而深刻的影响，这种影响甚至波及诗歌以外的文学样式。

当然,硬与软的分道扬镳在台湾和香港却是例外,今年《读书》第七期有文章介绍香港50年代以来的语文教育,它走的倒一直是软的道路,朱自清这些人的软语一直是被当成范文的。其结果是,在港台形成了与大陆不同的诗歌语调。大陆的普通话诗人一贯对港台的诗歌不怎么看得上眼,也许就是受流行的坚硬、阳刚的说话风气影响吧。

如果我说普通话把我的舌头变硬了,那么我的意思是说,讲汉语某一方言的人,也可以用舌头的另一部分说话,例如不卷舌。甚至也可以由此写作生活和历史的另一部分。

1997年